不要温顺地走进那个良宵
狄兰·托马斯诗合集 1934-1952
Do Not Go Gentle Into That Good Night
Collected Poems of Dylan Thomas 1934-1952

[英]狄兰·托马斯 著
海岸 译

北京联合出版公司

雅众文化 出品

目录

1　译序

37　序诗
43　我看见夏日的男孩
48　一旦晨曦之锁
51　心灵气象的进程
53　当我敲敲门
57　穿过绿色茎管催动花朵的力
60　我的英雄裸露他的神经
62　在你脸上的水
64　假如我被爱的抚摸撩得心醉
68　我们的阉人梦见
72　尤其当十月的风
75　时光,像一座奔跑的坟墓
79　当初恋从狂热渐趋烦恼
83　最初
86　光破晓不见阳光的地方
89　我与睡梦做伴
91　我梦见自身的诞生
94　我的世界是金字塔

99	一切的一切
102	我,以缤纷的意象
110	这块我擘开的饼
112	魔鬼化身
114	今天,这条虫
116	零时种子
120	都说众神将捶击云层
122	在此春天
124	难道你不愿做我的父亲
126	叹息中
128	布谷鸟月旧时光,攥紧
131	是否有过这样的时光
132	此 刻
135	为何东风凛冽
137	忧伤袭来前
140	太阳侍从有多快
143	耳朵在塔楼里听见
146	培育光芒
149	那只签署文件的手
151	一旦灯笼闪亮
153	我渴望远离
155	"在骨头上寻肉"
158	忧伤的时光贼子
160	而死亡也一统不了天下
163	那是我新入教的信徒
166	薄暮下的祭坛
178	因为快乐鸟嘬哨
180	我造成这争吵不休的疏离
184	当我乡下人的五官都能看见

186　我们躺在海滩上
188　是罪人的尘埃之舌鼓动起钟声
191　哦，为我制作一副面具
192　塔尖鹤立
193　葬礼之后
196　那话语的音色
198　并非由此发怒
199　我的动物该如何
202　墓碑在诉说
204　当词语停笔
206　一位圣徒即将降生
209　"如果我的头伤着一根毛发"
212　二十四年
214　祷告者的对话
216　拒绝哀悼死于伦敦大火中的孩子
219　十月献诗
223　真理的这一面
226　致你及他人
228　疯人院里的爱
230　不幸地等待死亡
234　公园里的驼背老人
237　入了她躺下的头颅
242　死亡与入场
245　冬天的故事
253　结婚周年纪念日
255　有一位救世主
258　处女成婚
260　我的技艺或沉郁的诗艺
262　空袭大火后的祭奠

268 从 前
272 当我醒来
274 黎明空袭中有位百岁老人丧身
275 静静地躺下,安然入睡
277 愿景与祈祷
290 秀腿诱饵的歌谣
306 神圣的春天
308 羊齿山
313 梦中的乡村
320 在约翰爵爷的山岗
325 生日献诗
332 不要温顺地走进那个良宵
334 哀 悼
338 白色巨人的大腿
343 挽歌(未完成)

译 序[1]

我该说当初写诗是源自我对词语的热爱。我记忆中最早读到的一些诗是童谣,在我自个儿能阅读童谣前,我偏爱的是童谣里的词,只是词而已,至于那些词代表什么、象征什么或意味着什么都是无关紧要的;重要的是我第一次听到这些词的声音,从遥远的、不甚了解却生活在我的世界里的大人嘴唇上发出来的声音。词语,就我而言,就如同钟声传达的音符,乐器奏出的乐声,风声,雨声,海浪声,送奶车发出的嘎吱声,鹅卵石上传来的马蹄声,枝条儿敲打窗棂的声响,也许就像天生的聋子奇迹般找到了听觉。[2]

---

[1] "译序"主要观点曾以《时光,像一座奔跑的坟墓——狄兰·托马斯诗歌诠释与批评》为题发表于《南开诗学》(创刊号,2018)。
[2] Dylan Thomas, "Poetic Manifesto", *Texas Quarterly* 4, Winter 1961, pp.45-53.

这是诗人狄兰·托马斯在1951年回答一位威尔士大学生探询他写诗初心时留下的片言只语，无意间道出了诗歌的本质。他从词语出发寻找诗的灵感，以各种方式把玩词语的乐趣成了他写诗的基点。他一生痴迷于词语的声音节奏、双关语或一词多义的表达，倾心于制造词语游戏、语言变异直至荒诞的境地，用词语营造一种迷醉、一种癫狂；更准确地说，他是一位生活在词语世界、受词语支配的人，信奉"任何诗人或小说家——不是用词语写作，就是沿着词语的方向写作[1]"，"他仅用3600个有限的诗歌语汇表达出繁复深邃的诗意[2]"。那一年他37岁，已正式出版《诗十八首》（1934）、《诗二十五首》（1936）、《爱的地图》（1939，诗文集）、《我呼吸的世界》（诗文集，1939，纽约）、《青年狗艺术家的画像》（1940，短篇小说集）、《新诗》（1943，纽约）、《死亡与入场》（1946）、《诗文选》（1946，纽约），确立起他在威尔士乃至英美文坛的地位。令人唏嘘的是，那时他就开始回忆童年了，两年前的1949年，他即预感到自己时日不多，未料一语成谶，他终究未能活到40岁。1952年，他编定意欲留世的《诗合集1934—1952》（*Collected Poems 1934-1952*）出版。1953年11

---

[1] Dylan Thomas, *The Collected Letters,* Vol. I, ed. Paul Ferns. London: Dent, 2000, pp.147-148.

[2] William Greenway, *The Poetry of Personality—The Poetic Diction of Dylan Thomas,* e-book. Lanham: Lexington Books, 2015, p.99.

月9日，他在纽约做第四次诗歌巡回朗诵期间，不幸英年早逝，但他写下的诗篇、他独创的声音剧[《乳林下》(*Under Milk Wood*, 1949—1953)]都成了一种永恒。

一、狄兰·托马斯无疑是一个传奇

1914年10月27日，狄兰·马尔莱斯·托马斯（Dylan Marlais Thomas, 1914—1953）出生于英国威尔士斯旺西，他和姐姐南希（Nancy Marlais Thomas）共有一个威尔士语基督教教名——"马尔莱斯"，意为"海浪之子"，出自威尔士民间圣典《马比诺吉昂》(*Mabinogion*)[1]，以纪念父亲的叔叔、牧师诗人威廉·托马斯[笔名格威利姆·马尔勒斯（Gwilym Marles）]，即狄兰·托马斯后来为英国广播电台（BBC）创作的声音剧《乳林下》里的牧师诗人——伊莱·詹金斯的原型。狄兰·托马斯的父亲大卫·约翰·托马斯是斯旺西文法学校的英文教师，认同那个时代英国的主流思想——威尔士语难登大雅之堂，打小就不教狄兰·托马斯说威尔士语。所以这位著名的盎格鲁—威尔士诗人只会用英文写作，而对于整个英语世界而言，这无疑是一件幸事，可以让更

---

1 《马比诺吉昂》是威尔士至今尚存的早期散文故事集，故事情节主要围绕古老的凯尔特诸神和英雄展开，这些人物同样出现在爱尔兰文学和亚瑟王文学中。

多的读者非常容易地读到他的作品。

狄兰·托马斯打小就自诩为"库姆唐金大道的兰波",1925年他进入父亲所在的文法学校学习并开始诗歌创作,在随后的十年间留下200多首诗歌习作及感想。狄兰·托马斯诗歌研究者拉尔夫·莫德整理了这些习作,至今已出版了《狄兰·托马斯笔记本》[1]《诗人的成长:狄兰·托马斯笔记本》[2]《笔记本诗抄1930—1934》[3]。他发现诗人后来出版、发表的作品在他的笔记本里大都能找到雏形。1931年8月,诗人从中学毕业,成为当地《南威尔士晚邮报》的记者。1933年,伦敦《新英格兰周刊》首次发表他的诗作《而死亡也一统不了天下》,尽显19岁青春期的他对死亡的蔑视。同年,伦敦报纸《周日推荐》发表了他那首成名作《穿过绿色茎管催动花朵的力》;1934年,他发表诗作《心灵气象的进程》——一首后来被诗学研究者命名为"进程诗学"的范例之作。同年,伦敦《倾听者》发表他的诗作《光破晓不见阳光的地方》,更是引起伦敦文学界的注目。这是诗人狄兰·托马斯早期诗歌中一首完美呈现生物形态风格的抒情诗,虽然缺少《穿过绿色茎

---

[1] Dylan Thomas, *The Notebooks of Dylan Thomas,* ed. Ralph Maud. New York: New Direction, 1967.

[2] Dylan Thomas, *Poet in the Making: The Notebooks of Dylan Thomas,* ed. Ralph Maud. London: Dent, 1968.

[3] Dylan Thomas, *The Notebook Poems 1930-1934,* ed. Ralph Maud. London: Dent, 1989.

管催动花朵的力》那首诗蕴含的爆发力,但生物"进程"主题是一脉相承的,诗人将微观身体与宏观宇宙融为一体,尤其崇拜自然力的存在,同步表现生长与腐朽,生与死相互交错,形影不离。那年他还因前一年发表的《穿过绿色茎管催动花朵的力》荣获《周日推荐》"诗人角"图书奖,年仅20岁的他得以在伦敦出版第一部诗集《诗十八首》。这部诗集引起轰动,英国文坛各路批评家赞誉迭出。从这部诗集可以看出狄兰·托马斯读过同时代英国哲学家阿尔福德·诺斯·怀特海（A. N. Whitehead）的著作并接受其"过程哲学"的思想,这在诗人随后出版的多部诗集和最后选定意欲留世的91首诗[《诗合集1934—1952》（1952）]中不时地闪现。

1937年夏,狄兰·托马斯与一位有着爱尔兰血统的姑娘凯特琳·麦克纳马拉（Caitlin Macnamara）结婚,俩人如出一辙的波西米亚生活方式让他们终生未曾分离。1938年,他带着妻子来到威尔士西南卡马森海湾拉恩镇居住,在1938—1939年间完成一部如诗如梦的半自传体短篇小说集《青年狗艺术家的画像》,其中叠映着诗人年少时在斯旺西的回忆和青春期在伦敦的放浪。这个书名显然出自爱尔兰文学大师詹姆斯·乔伊斯（James Joyce）的长篇自传体小说《青年艺术家的画像》（1916）,以示诗人对乔伊斯的敬仰。1938年,狄兰·托马斯与英格兰诗人亨利·特里斯（Henry Treece）和苏格兰诗人詹姆斯·亨德里（James Findlay Hendry）

等人一起，在诗歌界发起"新天启派运动"，"新天启派"诗人融新浪漫主义、神性写作和现代主义为一体，出版有《新天启诗集》(*The New Apocalypse*, 1939) 等。此时正值诗人奥登 (W. H. Auden) 离开英国出走美国，狄兰·托马斯由此在新一代英国诗人心目中树立起不可替代的地位。在随后的14年间，尽管他在文学上不断取得成功，但经济一直拮据，居无定所。他在"二战"前后为了赚钱，还曾为电影公司写过脚本，尤其1939年初大儿子卢埃林 (Llewelyn Edouard Thomas) 出生，1943年女儿艾珑 (Aeronwy Bryn Thomas) 来到人世，一家人的生活压力骤然加剧，好在BBC因其嗓音浑厚，颇具播音朗诵才能，开始接受他的供稿和录播。

这样的漂泊生活一直持续到1949年。狄兰·托马斯的赞助人玛格丽特·泰勒 (Margaret Taylor) 夫人帮助他携家人重返拉恩镇，为他买下"舟舍"——一座三层的小楼。据他妻子凯特琳后来回忆，1949—1950年初的几个月是他们一家共同度过的最后一段幸福时光。[1] 在这座峭岩之上海浪摇撼的屋子里，他迎来第三个孩子的降生，也作为诗人体验到别处不曾有过的宁静而灵感勃发的状态。诗人自称才思泉涌，一个小时接着一个小时独坐在"舟舍"，美妙的诗行从心田不竭的源头流淌而出。他用那美妙的嗓音不断地朗读诗稿，寻

---

[1] Caitlin Thomas, *The Life of Caitlin Thomas*, ed. Paul Ferris. London: Pimlico, 1993, p.176.

求一种音乐般的美妙音节，寻求来自狂野词语的激情，寻求一丝心灵的慰藉。在拉恩镇，他独创了一部声音剧《乳林下》，以自己身处的威尔士小镇为背景，按时间顺序虚构了海滨小村庄一天发生的事。这先是一部为感性嗓音而写的富含诗意的广播剧，后被诗人改编成舞台剧，在纽约诗歌中心上演。

在拉恩镇，狄兰·托马斯是靠喝酒来与当地人接触的，他以酒精为燃料，点燃转瞬即逝的灵感激情，摇摇欲坠地蹒跚于创作的火山口。随着诗名越来越响亮，他愈发害怕江郎才尽，内心深受煎熬，日渐消沉。他的一生似乎都笼罩在深沉的自我忧伤中，这也是催动他酗酒而走向死亡的一个重要原因。

1950年2月20日至5月31日，狄兰·托马斯首次应邀赴美国做巡回诗歌朗诵。他那色彩斑斓、意象独特、节奏分明的诗歌，配上诗人深沉浑厚、抑扬顿挫的朗诵，极富魅力，尤其他那迷途小男孩的形象征服了大批美国大学生，令他这次美国巡回诗歌朗诵获得空前的成功。随后几年里的一次次赴美巡回诗歌朗诵之旅加速了他最后的崩溃——"在酒精、性、兴奋剂以及渴望成功调制而成的鸡尾酒中崩溃，透支他作为一个天才诗人所有的能量与癫狂[1]"。1953年11月5日，他

---

1 [美]弗朗切斯卡·普瑞莫里-德鲁莱尔斯：《漏船载酒润诗魂——迪伦·托马斯在崂弗恩的日子》（徐凯译），《译文》2003年第1期，第6—9页。

在纽约做第四次诗歌巡回朗诵期间,不幸发生——在纽约切尔西旅馆"患上肺炎却被误诊,误用大剂量吗啡而导致昏迷[1]"。11月9日,这位天才诗人在纽约圣文森特医院陨落,年仅39岁。

近三十年后的1982年,在英国伦敦西敏寺名人墓地"诗人角",纪念狄兰·托马斯的诗行地碑揭幕,上面镂刻着他的名诗《羊齿山》(1945)的名句:"时光握住我的青翠与死亡/纵然我随大海般的潮汐而歌唱。"到了2014年,世界各国以各种形式举办狄兰·托马斯百年诞辰庆典,英国皇家造币厂发行狄兰·托马斯诞辰100周年纪念币,硬币上,狄兰·托马斯一头大波浪狂野不羁,蕨类植物的背景自然让人联想到他那首大家耳熟能详的名诗《羊齿山》。毋庸置疑,诗人作品的影响力已波及文学、音乐、绘画、戏剧、电影、电视、卡通等大众媒体,整整影响了一代人。狄兰·托马斯像一颗流星划过"冷战"时代晦暗的天空,作为一代人叛逆的文化偶像熠熠生辉,永不磨灭。

二、狄兰·托马斯个性化的"进程诗学"

心灵气象的进程

---

[1] John Goodby, Preface, *The Poetry of Dylan Thomas: Under the Spelling Wall*. Liverpool: Liverpool University Press, 2013, xvii.

变湿润为干枯;金色的射击
怒吼在冰封的墓穴。
四分之一血脉的气象
变黑夜为白昼;阳光下的血
点燃活生生的蠕虫。

眼目下的进程
预警盲目的骨头;而子宫
随生命泄出而驶入死亡。

眼目气象里的黑暗
一半是光;探测过的海洋
拍打尚未英化的大地。
种子打造耻骨区的一片森林
叉开一半的果实;另一半脱落,
随沉睡的风缓缓而落。

肉体和骨骼里的气象
湿润又干枯;生与死
像两个幽灵在眼前游荡。

世界气象的进程
变幽灵为幽灵;每位投胎的孩子
坐在双重的阴影里。
将月光吹入阳光的进程,

扯下皮肤那褴褛的帘幕；

而心灵交出了亡灵。

这首《心灵气象的进程》被拉尔夫·莫德誉为狄兰·托马斯"进程诗学"的范例，出自他的首部诗集《诗十八首》。早在出版初期直至20世纪40年代，伦敦评论界及读者就一直渴望出现一种能概括狄兰·托马斯诗歌的标签，直到研究者拉尔夫·莫德出版《狄兰·托马斯诗歌入门》（1963）、《狄兰·托马斯笔记本》（1967）后，人们才得偿所愿，开始关注狄兰·托马斯的"进程诗学"概念。近年威尔士诗歌研究者约翰·古德拜（John Goodby）进一步扩展狄兰·托马斯"进程诗学"的核心概念，将其定义为这样一种信念："进程愿景主要信奉宇宙的一体和绵延不息的演化，以一种力的方式体现世界客体与事件中不断同步出现的创造与毁灭。这种思想既重温浪漫主义泛神论的古老信仰，又重读现代生物学、物理学、心理学的发现。"狄兰·托马斯非常熟悉同时代的大众科学，读过朱利安·赫胥黎、西格蒙德·弗洛伊德、怀特海和斯蒂芬·霍金的著作。[1]

如前文所说，狄兰·托马斯受到同时代的英国哲

---

[1] John Goodby, Introduction, *The Collected Poems of Dylan Thomas*. London: Weidenfeld & Nicolson, 2014, pp.15-16.

学家阿尔福德·诺斯·怀特海"过程哲学"[1]的影响，因此为了理解狄兰·托马斯的"进程诗学"，有必要了解一下怀特海的"过程哲学"。怀特海是英国著名哲学家，把柏拉图思想、爱因斯坦相对论与普朗克量子力学融为一体，自成一家言说，主张世界即过程——世界本质上是一个不断生成的动态过程，事物的存在就是它的生成，故其学说也称"活动过程哲学"或"有机哲学"。他在《自然的概念》(*The Concept of Nature*，1920)和《过程与实在》(*Process and Reality*，1929)等系列著作中认为：自然和生命是无法分离的，只有两者的融合才构成真正的实在，即宇宙；人类是大自然的一部分，人类经验应该被看作与单细胞的有机体，甚至更原始的生命体同等的构成元素。他把宇宙中的事物分为"事件"的世界和"永恒客体"的世界，事件世界中的一切都处于变化的过程之中；各种事件的统一体构成机体，从原子到星云、从社会到人都是处于不同等级的机体；机体的根本特征是活动，活动表现为过程，整个世界就此表现为一种活动的过程。所谓"永恒客体"，只是作为抽象的可能性而存在，并非人们意识之外的客观实在，能否转变为现实，要受到实际存在的

---

[1] 原文 "process" 意为 "过程，进程"，有学者译为 "过程哲学"，但因我将狄兰·托马斯的诗 "A Process in the Weather of the Heart" 译为《心灵气象的进程》，故在诗学层面更倾向于译成 "进程诗学"。

客体的限制，并最终受到上帝的限制。上帝是现实世界的源泉，是具体实在的基础。到了70年代，其"过程哲学"的影响力已波及自然科学、社会科学、美学、诗学、伦理学和宗教学等多个领域，因而它又被称为宇宙形而上学或哲学的宇宙论，尤其为生态哲学家所推崇，后现代主义者更将之看作自己的理论源泉。

狄兰·托马斯在这首将"process"写入诗篇的《心灵气象的进程》中，将生、欲、死看成相依相随的一体化进程，生孕育着死，欲创造生命，死又重归新生，动植物一体的大自然演变的进程、人体新陈代谢及生死转化的进程与人的心灵气象的进程，宏伟壮丽又息息相关，身体内在的"心灵的气象""血脉的气象""眼目下的进程""肉体和骨骼里的气象"与外在的"世界气象"在各诗节中相互交替，"变湿润为干枯"，"变黑夜为白昼"，"变幽灵为幽灵"。"weather"（气象，气候，天气）实为诗人所谓"进程"或"过程"中的一个关键词。首节中"金色的射击／怒吼在冰封的墓穴"，暗喻射精受孕，即开启通往死亡进程；狄兰·托马斯最喜欢的一对谐音词为"tomb"（墓穴）及第二节的"womb"（子宫），相差仅一个字母，却可生死转换；末节"mothered child"（投胎的孩子）更是深受生与死的双重影响，似乎瞬间即可完成生与死的交替。尾句"而心灵交出了亡灵"（And the heart gives up its dead）预设的象征颇为晦涩，然而一旦知晓其典出《圣经·新约·启示录》20:13，诗句即可被赋予"天启文学"的象征意义——接受最终的审判。二元的生与死，像幽灵一样缠结在一起，既对立又互相转化，生命的肉体面临生死的选择，死去的灵魂又触发新生命的诞生，不断变幻的心灵，时刻"交出了亡灵"，接受最终的审判而走向新生。诗人的成名作《穿过绿色茎管催动花朵的力》也是一首特别典型的"进程诗学"作品——人的生死演变与自然的四季交替，融为一体。

穿过绿色茎管催动花朵的力
催动我绿色的年华；摧毁树根的力
摧毁我的一切。
我无言相告佝偻的玫瑰
一样的寒冬热病压弯了我的青春。

驱动流水穿透岩石的力
驱动我鲜红的血液；驱使溪口干涸的力
驱使我的血流枯荣。
我无言相告我的血脉
同是这张嘴怎样吮吸山涧的清泉。

搅动一泓池水旋转的手
搅动沙的流动；牵动风前行的手
扯动我尸布的风帆。

我无言相告那绞死的人
我的泥土怎样制成刽子手的石灰。

时间之唇水蛭般吸附泉眼；
爱滴落又聚集，但是洒落的血
定会抚慰她的伤痛。
我无言相告一个季候的风
时光怎样环绕星星滴答出一个天堂。

我无言相告情人的墓穴
我的床单怎样扭动一样的蠕虫。

  诗人在首节迷恋的是宇宙万物的兴盛与衰败，生与死对立，相互撞击又相辅相成，自然的力，兼具宇宙中"创造"与"毁灭"的能量，控制着万物的生长与凋零，也控制着人类的生老病死。诗人在第二节从微观角度审视，认为人体的血液流动与地球的水气流动相契合，人体的脉管也是大地的溪流与矿脉；"mouthing streams"与其理解为三角洲的溪流，还不如理解为吮吸山涧清泉的"溪口"，或吮吸江河大川入海的"河口"，更与第四节的"时间之唇水蛭般吸附泉眼"相呼应——拟人化的"时间"从子宫中吮吸新的生命，或通过脐带吮吸子宫里的羊水，滋养胚胎的生长；生死"洒落的血"抚慰爱的伤痛，自然的"力"被"时间"

所主宰，无限的"时间"主导着大自然的交替，引领人类在生老病死过程中创造永恒的天堂。对于关键性的"时间之唇水蛭般吸附泉眼"一句，除了上述分析，美国的研究者斯图尔德·克里恩还提出了至少五种分析的可能性：（1）婴儿的嘴唇水蛭般吮吸母亲的乳汁；（2）诗人的嘴唇——既是创造性的，同时也是易于腐朽的肉体——需要从灵感的源泉中不断汲取灵感；（3）时间本身——自然循环，像吸吮的嘴唇，也要周期性地返回"泉眼"——即生命的源头进行有机的更迭；（4）象征男性欲望；（5）象征女性欲望。[1]

三、狄兰·托马斯与生俱来的宗教观

狄兰·托马斯出生于英国威尔士基督教新教家庭，小时候母亲常带着他去教堂做礼拜，虽然长大后他并未成为一位虔诚的基督徒，却从小就熟读《圣经》，英译本《英王詹姆斯钦定版圣经》(*King James Version of the Bible*，简称 KJV)成为他从意象出发构思谋篇、构建音韵节律永不枯竭的源泉。他酷爱在教堂聆听牧师布道的音韵节律，喜欢把古老《圣经》里的意象写进

---

[1] Stewart Crehan, "The Lips of Time", *Dylan Thomas: Craft or Sullen Art*, eds. John Goodby and Chris Wigginton. New York: Palgrave, 2001, pp.52-53.

他的诗篇，尤其沉迷于琢磨词语的声音，沉浸于词语的联想，却又不关注词的确切含义。这使得他的诗集既为读者着迷，又很难为他们所理解；但他写的诗大都可以大声朗读，凡是进入耳朵里的每一个词都能激发听众的想象力，这和读者通过阅读文字去思索诗的确切含义的思维过程截然不同。

这些词语有狄兰·托马斯小时候在教堂里耳濡目染的，也有大一点后从威尔士的歌手和说书人那里听来的。1951年，他曾写道："有关挪亚、约拿、罗得、摩西、雅各、大卫、所罗门等一千多个故事，我从小就已知晓；从威尔士布道讲坛滚落的伟大音韵节律早已打动了我的心，我从《约伯记》读到《传道书》，而《新约》故事早已成为我生命的一部分。"[1] 所以他的诗篇会不时地出现"亚当""夏娃""摩西""亚伦"等《圣经》人物，经文典故早已渗入他的血液，可以信手拈来。例如，他的巅峰之作《羊齿山》开篇出现的童贞的象征"苹果树"，就指向伊甸园里的禁果，"苹果树下"典出《圣经·旧约·雅歌》8:5"苹果树下，我把你唤醒[2]"，是一种表达男女情爱的委婉语。

在《假如我被爱的抚摸撩得心醉》（1934）一诗中，"苹果"更是"青春与情欲"的象征，既是性欲觉醒后

---

[1] Dylan Thomas, "Poetic Manifesto", *Texas Quarterly* 4, Winter 1961, pp.45-53.
[2] 本书所引《圣经》内容，大多出自冯象译本。

带来的无畏欢愉，也是伊甸园的"原罪"，是引发"洪水"惩罚之源，是耶稣基督被钉死在十字架上的救赎：

> 我就不畏苹果，不惧洪水，
> 　更不怕春天里的恩仇。

在《我看见夏日的男孩》（1934）中，我们看到的是"满舱的苹果"；在《魔鬼化身》（1935）中，我们读到的是"蓄胡的苹果"，更添几重性的诱惑，在不够纯洁的目光下，它被归为"罪恶的形状"。[1] 在基督教文化传统中，苹果树常与禁止采摘的智慧树相联系，更在某种程度上因为拉丁文武加大译本《圣经》中的"malum"（苹果），而在语源上与"malus"（邪恶）存在联系。尽管狄兰·托马斯长大后并未成为一位虔诚的基督徒，但与生俱来的宗教思想贯穿了他一生的创作，尤其基督教神学中的"启示"成为他深入思考宇宙万物的开始。

1934年，他在首部诗集《诗十八首》中收录的《最初》，诗名就典出《圣经》的首句，那是诗人呼应《圣经·旧约·创世记》写下的几节回声：生与死、黑暗与光明、混沌与有序、堕落与拯救——诗人俨然成为一位造物主；而每一诗节里空气、大水、火苗、语言、大脑的

---

1 ［美］戴维·莱尔·杰弗里（谢大卫）主编，《英语文学与圣经传统大词典》（上），上海三联书店，2014年，第85页。

起源却似乎阐述上帝"一言生光"的创世,尤其第四节首句"最初是词语,那词语"(In the beginning was the word, the word)出自KJV英译本《圣经·新约·约翰福音》首句,和合本译为"太初有道",实为"太初有言,那言与上帝同在,上帝就是那言"。"最初是词语,那词语"也是《最初》这首诗的高潮,上帝"那言"要有光,就有了光,那言与上帝同在,那言就是上帝,"抽象所有虚空的字母","呼吸"之间吐出"词语",语言就此诞生;"词语"涌现最初的字符,就像狄兰·托马斯的诗篇,一唇一音,一呼一吸,"向内心传译／生与死"。

他的诗让读者感知到上帝和爱的力量所在,但也无法逃脱那更可怕的死亡力量,且在诗中往往又夹杂着非纯粹的基督教观点。例如,在《假如我被爱的抚摸撩得心醉》一诗的末节,诗人先是借用了古埃及《亡灵书》里"死亡羽毛"的典故——引导亡灵之神(Anubis)把死者之心同一片鸵鸟的羽毛放到天平两端称重量(心可理解成良心,羽毛是真理与和谐之羽,代表正义和秩序),如果良心重量小于等于羽毛,死者即可进入一个往生乐土,否则就成为旁边蹲着的鳄头狮身怪的口中餐;继而诗人又融合了圣诞节与复活节的生死及复活典故,"是我的耶稣基督戴上荆棘的树冠?／死亡的话语比他的尸体更干枯"。诗人更希望现实中他在伦敦的恋人帕梅拉(Pamela Hansford Johnson)能撩动他的诗篇,"是你的嘴、我的爱亲吻出的蓟花？/……/我喋喋不休的伤口印着你的毛发"。而上述这一切——死亡、宗教和浪漫的爱情都不能撩人心醉。诗人克服了原罪与恐惧，劝诫自己要为人类现实的"隐喻"而写作，期盼写出撩人心醉的"死亡话语"：

> 我愿被抚摸撩得心醉，即
> 男人就是我的隐喻。

相比首部诗集《诗十八首》，诗人在第二部诗集《诗二十五首》里采用了更多《圣经》里的基督教典故或隐喻，追问自身的宗教信仰及疑惑。例如，在《这块我擘开的饼》中，宗教和自然相互缠结的诗意跃然纸上，虔诚的基督徒自然会联想到圣餐上的"饼与杯"及其文化隐喻。自然生长的"燕麦"和"葡萄"，变成圣餐里的"饼"和"酒"，成了基督的身体与血，也成了诗人的身体与血，创造与毁灭蕴含悖论式的快乐与忧伤。"人击毁了太阳，摧垮了风"，"风"既是创造者，也是毁灭者，更是毁灭的受害者；再者，"圣餐"更具有象征意义，是耶稣基督在"最后的晚餐"中献上的自己的肉身，却颇富悖论地要为众生带来一种永生；为了制作"无酵饼"，酿出"葡萄酒"，"燕麦"的果实被"收割"，"葡萄的欢乐"被"摧毁"——基督徒从中看到的是基督教信仰中原罪的苦难和忧伤，期待"一起喝新酒的那一天"，最终迎来上帝的救赎与恩典。

诗集《诗二十五首》中另一首宗教色彩浓郁的诗是《魔鬼化身》，诗中的主角既指向毁灭性的撒旦，也指向救赎的耶稣——表达出诗人双重的宗教观。这可能与诗人家族中一位德高望重的叔公——牧师诗人威廉·托马斯有关，叔公是一位信仰基督教神格一位论派（unitarianism）的诗人，该派的教义与基督教的三位一体教义存在明显的差异。他们只信仰上帝是宇宙间存在的基本力量，不信仰三位一体、原罪、神迹、童贞生子、永坠地狱、预定和《圣经》的绝对真理等教义，也排斥赎罪的教义，那就意味着耶稣不是上帝的儿子，也非神圣的，除非是带有隐喻性的意味，而狄兰·托马斯在诗歌中表现出的反传统观念走得更远：基督教在他眼里就是一种宗教的想象，耶稣象征着所要救赎的人类，最后的审判代表着人的死亡及再进入大自然的进程。

收录于诗文集《爱的地图》中的一首《是罪人的尘埃之舌鼓动起钟声》则是一场宗教的黑色弥撒，交织着水、火、性的创造与毁灭的主题，从中也可以看出狄兰·托马斯的宗教观显然融入了他推崇的"过程哲学"，因被体现创造与毁灭的"力"赋予了神性，那些"时光""溪流""飞雪"就带有了一种不可抗拒的宗教色彩。可以说，狄兰·托马斯迷恋于信仰，更迷恋于对信仰的修辞表达。收录于诗集《死亡与入场》中的《拒绝哀悼死于伦敦大火中的孩子》更是一首伟大的葬礼弥撒曲。诗歌沿袭了诗人喜好双关语、矛盾修辞法、跳韵的风格，起首"Never until"引导长达13行的回旋句，句法错综复杂。诗人因一个女孩死于1944年一次空袭所致的伦敦大火而作此诗，他拒绝哀悼"这个孩子庄严而壮烈的死亡"，似乎要净化二战期间在人们心灵中弥漫的绝望情绪。创世或末世的"黑暗"宣告最后一缕光的"破晓"或"破灭"，既是开始，又是结束，苦涩的绝望中蕴含希望的尊严。"（锡安）天国""犹太会堂"和"披麻蒙灰"等出自犹太教的字眼更带给自然元素的"水珠""玉蜀黍穗"和"种子"神性的圣洁。尽管诗人一再"拒绝哀悼"，笔下写出的却是一出神圣的挽歌：

> 泰晤士河无人哀悼的河水
> 悄悄地奔流。
> 第一次死亡之后，死亡从此不再。

四、狄兰·托马斯的超现实主义诗风

20世纪30年代，英美诗坛及知识界陶醉于艾略特和奥登的理性世界，狄兰·托马斯却一反英国现代诗那种苛刻的理性色彩，泼撒一种哥特式的蛮野怪诞力量去表现普通人潜在的人性感受；其个性化的"进程诗学"，围绕生、欲、死三大主题，兼收基督教神学启示、玄学派神秘主义、威尔士语的七音诗与谐音律，以及凯尔特文化信仰中的德鲁伊特（Druid）遗风，以一种杂糅的实验性风格掀开了英美诗歌史上的新篇章。他笔下的诗歌具有粗犷而热烈的超现实主义诗风，以强烈的节奏和密集的意象，甚至超常规的意象排列方式，冲击惯于分析思维的英国诗歌传统；其肆意设置的密集意象相互撞击、相互制约，表现出自然的生长力和人性的律动。1938年，狄兰·托马斯在一封写给诗友亨利·特里斯的信中说："我制造一个意象——虽然'制造'并不合适，也许一个意象在我内心情感上得以'制造'，随后我通过应用，拥有了智力和批判的力量——让它繁殖出另一个，由此与第一个意象相矛盾，从而制造第三个意象，繁殖出第四个矛盾的意象，并在我预设的范围内相互冲突。"一个意象都有其自身毁灭的种子，"种子"意象繁殖的每个意象相互矛盾、相互依存又相互毁灭。[1] 例如，他有一首写于1935年的《忧伤袭来前》，就可见这种意象的运用：

我的忧伤是谁，

一只蝶蛹平俯于烙铁之上，

---

[1] Dylan Thomas, *The Collected Letters*. Vol. I, ed. Paul Ferns, London: Dent, 2000, p.328.

> 铅灰花苞，为我的指人所扳动，
> 射穿叶片绽放，
> 她是缠绕在亚伦魔杖上的
> 玫瑰，掷向瘟疫，
> 青蛙一身的水珠和触角
> 在一旁垒了窝。

诗节中"我"忧伤的伙伴是谁？"一只蝶蛹平俯于烙铁之上"，让笔者想起他另一首《我，以缤纷的意象》（1934）的诗句"小镇大雨倾盆里唯有／我这伟大的热血之铁，／火辣辣在风中燃烧"。此诗中"铅灰花苞，为我的指人所扳动"，射穿叶片般的处女膜；在《当初恋从狂热渐趋烦恼》（1934）中成"万千意念吮吸一朵花蕾／犹如分叉我的眼神"，而在《假如我被爱的抚摸撩得心醉》（1934）中"烟雾缠绕花蕾，击中她的眼神"，变幻出万千"诱惑"。"魔杖"般的阴茎像蛇一样变为一朵玫瑰，掷下蛙胎成灾。诗句典出《圣经·旧约·创世记》：摩西之兄亚伦执掌权杖，替摩西发声，其权杖能发芽开花，象征复活与重生，更能行奇事，如在埃及法老面前变作蛇，亚伦伸杖于埃及江河之上，能引发蛙灾、蝗灾、瘟疫等。这一连串蕴含基督教内涵的意象与诗中交媾的意象格格不入，这类相反相成的冲突，制造出超现实主义的"魔力"。如今，诸如"A grief ago"（忧伤袭来前）这类由狄兰·托马斯创造的偏离常规搭配的英文表达，已为文体学家们津津乐道，他们不厌其烦地以此举证，以说明诗人打破常规的手法是多么耐人寻味（详见笔者所著《狄兰·托马斯诗歌批评本》）。

狄兰·托马斯前期的作品大多晦涩难懂，后期的作品相对更清晰明快——尽管某些细节仍然令人疑惑不解；然而，其作品的晦涩难解并非由于结构的松散与模糊，而是因其超现实主义诗风所致。分析狄兰·托马斯诗风的成因，一定绕不过弗洛伊德的思想和20世纪20年代风靡欧洲的超现实主义运动；当时这些思潮席卷西方文学、艺术等各领域，对原本颇具浪漫主义情怀的狄兰·托马斯产生颠覆性的影响，尤其关于潜意识、性欲及梦的解析渐渐成为他诗歌的背景或题材。

狄兰·托马斯认为超现实主义艺术家既不满足于现实主义笔下描述的世界，也不满意印象主义画笔下想象的世界；他们想要跳入潜意识的大海，不借助逻辑或理性来挖掘意识表面下的意象，而让非逻辑或非理性统御笔下的色彩与文字；他们确信四分之三的意识为潜意识，艺术家的职责就在于从潜意识的深海收集创作的材料，而非局限于潜意识海洋露出的冰山一角。超现实主义诗人常用的一大手法就是并置那些不存在理性关联的词语或意象，希望从中获得一种潜意识的梦境或诗意，并认为它们远比意识中的现实或想象的理性世界更为真实。例如，狄兰·托马斯写于

1943年的《光破晓不见阳光的地方》中，末节的"当逻辑消亡"就已显示出作者的这种写作倾向，这或许也是读者解读他诗歌的关键：

> 当逻辑消亡，
> 泥土的秘密透过目光生长，
> 血在阳光下暴涨；
> 黎明停摆在荒地之上。

在狄兰·托马斯"进程诗学"的另一首名篇——《时光，像一座奔跑的坟墓》里，死亡不是时间的终结，而是一种生命的奔跑，一种逃离追捕的奔跑；此刻，死亡只是时光的一部分，绝非是时光的所有。诗人在这首诗歌中阐述了他特有的时间观念：生命是时光的受害者，青春与衰老、快乐与哀伤相依相随，生死循环；爱的拥抱竟然是一把死神的"镰刀"，一把缝制生命的"命运之剪"；然而要想逃避死亡的追捕，永享时光的美好，唯有逃避时间，回到人类堕落前的生存，藏匿于伊甸园——一种"永生"的叙述。首句"时光，像一座奔跑的坟墓，一路追捕你"，导入了一种实验性的分层复句结构——不少于30个开放式从句，有些只是一个单词，延伸达25行之久，整整5个诗节，每节5行，持续地发出"传递"时光主题的疯狂请求，而这种连续从属的独立分句延迟"传递"动作的实施，破坏了正常的句法，尽显现代主义诗歌的碎片化和晦涩难解，而现代主义的空间错位手法更使这首诗因诗义的流动而趋于不稳定。这句诗也常被认作是狄兰·托马斯超现实主义诗风的最佳例证。

该诗第二节首句中的"裁缝"（tailor），恰如希腊神话中的命运之神，蕴含"创造"与"毁灭"的能力，拥有一把"命运之剪"，量体裁衣，缝制生命之衣——隐喻掌控生死的能力。这也让我想起《二十四年》一诗中的裁缝胎儿一样"蹲伏在自然之门的腹股"，既要刺破胎衣踏上人生之程，又要"缝制一件上路的裹尸布"走向死亡：

> 我像一位裁缝蹲伏在自然之门的腹股沟
> 借着食肉的阳光
> 缝制一件上路的裹尸布。

最后我还想借诗人的一段融合泛神论与天启派视野的《而死亡也一统不了天下》，谈谈他的超现实主义喻体：

> 而死亡也一统不了天下。
> 海鸥也许不再在耳边啼叫，
> 波涛也不再汹涌地拍打海岸；
> 花开花落处也许不再有花朵

迎着风雨昂首挺立；

尽管他们发了疯，僵死如钉，

那些人的头颅却穿越雏菊崭露；

闯入太阳，直到太阳陨落，

而死亡也一统不了天下。

  以诗中第三节后半段源自习语的一个明喻"dead as nail"（僵死如钉）和一个隐喻"hammer through daisies"（穿越雏菊崭露）为例，前者显然仿自习语"dead as a doornail"（彻底死了；直挺挺地死了），后者仿自习语"push up the daisies"（入土；长眠地下）。它们都是诗人狄兰·托马斯化陈腐为神奇的诗性创造，绝非反常用词或有意误用，而是语义不断更新的结果。比喻实则包含两级指称，即字面上的指称和隐含的指称。当诗人说"（as）dead as nails"，自然不是说"彻底死去"，而是道出一种"僵死如钉"的心态；当诗人说出"hammer through daisies"，表示死去的头颅不会随撒落的雏菊"入土长眠"，而是要像锤子一样用力"穿越雏菊崭露"，或者说复活开放——继而拥有了一种神奇的力量，"闯入太阳，直到太阳陨落"。狄兰·托马斯在他的诗歌中创造了大量的超现实隐喻，在那些词语之间、字面意思与隐喻之间产生了某种张力，陈述的新义就被这种张力不断激发出来；有些隐喻显然不是通过创造新词来创造新意义，而是通过违反语词的习惯用法来创造新义；这些隐喻对新义的创造是在瞬间完成的，活的隐喻也只有在不断的运用中才可能存在。

法国思想家保罗·利科（Paul Ricœur, 1913—2005）在《活的隐喻》（*La Métaphore vive*, 1975）一书中曾说过，"重新激活死的隐喻就是对去词化的积极实施，它相当于重新创造隐喻，因而也相当于重新创造隐喻的意义，作家们通过各种十分协调的高超技巧——对形式形象比喻的同义词进行替换，补充更新隐喻，等等——来实现这一目标。"[1] 就某种意义而言，词典上的隐喻都是死的隐喻而不是活的隐喻，恰当地使用隐喻是人的天才能力的表征，它反映了人发现相似性的能力。诗人的一个重要素质就是懂得恰当地使用隐喻，世界上读诗、写诗的人很多，一般人能懂得恰当地使用隐喻就已经很不错了；但天才的诗人很少，因为只有少数人才具有创造超现实隐喻的能力，而狄兰·托马斯就属于这少数的天才诗人。对于诗歌译者而言，隐喻是语言之谜的核心；隐喻既是理解和解释的桥梁，也是理解和解释的障碍。隐喻可以被解释，但无法被确切解释，因为隐喻不但体现并维持语词的张力，而且不断创造新意义；隐喻扩大了语词的意义空间，也扩大了诗人的想象空间。[2]

---

[1] ［法］保罗·利科，《活的隐喻》（汪堂家译），上海译文出版社，2004年，第406页。
[2] 海岸：《诗人译诗 译诗为诗》，引自海岸编选：《中西诗歌翻译百年论集》，上海外语教育出版社，2007年，第697—706页。

五、狄兰·托马斯诗歌的音韵节律

诗人狄兰·托马斯一生都在创造性地使用音韵节律，像一位诗歌手艺人，在词语上煞费苦心，乐此不疲，倾其所能运用的各种语词手段——双关语、俚语、隐喻、转喻、悖论、矛盾修辞法以及辅音押韵、叠韵、跳韵、谐音造词法及词语的扭曲、回旋、捏造与创新，以超现实主义的方式掀开了英美诗歌史上新的篇章。

威尔士诗歌自古带有一种崇拜自然的神秘宗教感，留有凯尔特文化信仰中的德鲁伊特的遗风，形成一种传统的复杂头韵与韵脚体系（Cynghanedd），例如，威尔士诗律之灵魂的七音诗与谐音律，[1] 就是一种看重辅音和谐配置的复杂格律；还有至今在威尔士依然受欢迎的艾斯特福德诗歌音乐（eisteddfod），也是一种结构严谨、韵式精巧的音乐，常伴有重复结构的叠句，便于记忆和朗诵。初读狄兰·托马斯的诗歌似乎感觉不到这些因素，但还是能感受到他个人信仰的深层张力——一种归于泛神论的神秘力量，以及他独创的一种音节诗风格；而但凡到过狄兰·托马斯诗歌朗诵现场的听众，

---

[1] 冯象：《"奥维德的书"——读布朗微奇〈大卫诗面面观〉》，引自冯象：《木腿正义》（增订版），北京大学出版社，2007年，第250—268页。

都会发现他有一门煞费苦心的、清晰地凸显每一个音节的技艺,以传达出威尔士诗律咒语般的魔力。

狄兰·托马斯之所以能突破以重音定节奏的英诗传统,也是因为他借用了威尔士语诗律作为诗歌创作手段,这也传承并推动了威尔士现代主义诗歌的发展。为了理解这种传承,在此有必要回顾一下 14 世纪南威尔士诗歌的黄金时期,那时出现过一位持续影响威尔士诗歌两百年之久的伟大诗人戴维兹·阿普·格威利姆(Dafydd ap Gwilym,约 1320—1370)。他打破了凯尔特吟游诗人歌功颂德的传统,展示出威尔士诗歌从未有过的简约风格、人性化表述以及对大自然的真切感受,并将爱情诗提升到超越各种颂扬体诗文的地位;他的这些创造影响了后来者狄兰·托马斯,使之开启了威尔士自然抒情诗模式(如《羊齿山》)。格威利姆最大的贡献就是将威尔士语的七音诗(cywyddau)[1]发展到一个前所未有的高度——七音诗在 15 世纪的威尔士达到巅峰,后来随着威尔士语及威尔士文化阶层的衰落,渐渐淹没在 16 世纪流行的自然流露情感的英诗大潮下,但它依然在狄兰·托马斯的诗歌中留下了清晰可寻的印迹,例如,《我梦见自身的诞生》和《我的技艺或沉郁的诗艺》就是源自七音诗与谐音律的典范。

---

[1] 一种苛求辅音和谐配置的复杂和韵格律,丝毫不留转译余地的七音节押韵对句,诗行押头韵和行内韵,句末分别以阴阳性结尾。

《我梦见自身的诞生》大体上由12音节、7音节、10音节、8音节诗行构成7个诗节28行，实验性地以音节数来排布音韵节律，遵循依稀可辨识的威尔士诗律模式。每行诗句强行转行，尤其最后一个单词或短语跨行连续，诗节韵脚押ａａａｂ（除最后一节押ａａａａ），且是打破常规押辅音字母，七个诗节依次押"ｇ ｌ y(i) l s d(t) n"，也可见到行内韵，如第三节首行"drop, costly"押了元音"o"，模仿出威尔士音韵节律的乐感效果。在某种意义上，威尔士对狄兰·托马斯而言只是一个家乡的概念，但他诗句的乐感、元音辅音相互缠结的效果、奔放华丽的词汇，以及奇特智慧的修辞，均无可置疑地体现出威尔士游吟诗人的风格。

纵观狄兰·托马斯一生创作的200多首诗歌，可以看到他从浪漫主义诗歌走向现代主义诗歌的历程，从某种意义上讲，他既不是一位纯粹的浪漫主义诗人，也不是一位玄学派意象主义诗人，而是一位善用隐喻等复杂诗歌技巧的诗人。他一生所涉猎的诗歌音韵节律大多可归为三类。一类是他熟练使用的传统英诗诗律——从隔行押韵的"歌谣体"（如54节"四行诗"叙事歌谣《秀腿诱饵的歌谣》）到韵式严苛的19行双韵双叠句的维拉内拉体（如《不要温顺地走进那个良宵》《挽歌》）。另一类是在"笔记本诗抄"时期就开始实践的自由体诗歌，当然也非随意写下的诗行，而是一类合乎呼吸起伏的自由体；第三类当然是综合运用包括全韵、半韵、半谐韵和头韵在内的"混合交叉韵",他尤其喜欢霍普金斯式仿自正常说话节奏的"跳韵"。狄兰·托马斯的好友丹尼尔·琼斯1993年去世前修订《狄兰·托马斯诗歌》,2003年死后出版扩展版,其中所附的一篇《诗歌韵式札记》对此做了概括性的总结:"尽管狄兰·托马斯从未彻底放弃基于轻重音的英诗正统格律韵式,但在后期作品中明显用得少了,除非用来写讽刺诗或偶然为之;最后他只在写严肃题材的诗歌时,才运用一种基于音节数而非有规律的轻重音格律韵式;有一段时间他尝试过自由诗创作,也就是说,从英诗韵式格律模式中,或者至少从某种固定的韵式中解放出来。"[1]

最后,熟悉英汉诗歌的读者可能都知晓这两种语言结构的差异,英诗中的音韵节律及一些特殊的修辞手法等无法完全传译;译者在翻译中不得不"丢失"这些东西,但是绝不能丢失内在的节奏。我推崇"诗人译诗、译诗为诗"原则,就因为诗人译者往往可以重建一种汉译的节奏。例如,英诗格律中的音步在汉译中无法绝对重现,前辈诗人翻译,如闻一多、卞之琳、查良铮、屠岸、飞白先生等,通过长期不懈的努力,在英诗汉译实践中找到一种"以顿代步"的权宜之计,并选择和原文音似的韵脚复制原诗格律;但是,一般

---

[1] Daniel Jones, A Note on Verse-Patterns, *The Poems of Dylan Thomas*. New York: New Directions, 2003, p.279.

的译者如果生搬硬套这种方式,就容易滋生"易词凑韵""因韵害意""以形损意"的不良倾向,如为凑足每一行的"音步"或行行达到同等数目的"音步",让所谓的"格律"束缚诗歌翻译或创作的自由。

虽然汉语无法像英语那样以音节的轻重音构建抑扬格或扬抑格等四种音步节奏,但元音丰富的汉语能够以"平、上、去、入"四个声调,展现平仄起伏的诗句节奏。汉字有音、有形、有义,更能体现构词成韵灵活多变、构建诗行伸缩自如的先天优势。诗人译者不能机械地按字数凑合"音步",而应构建理想、合理的汉译节奏,且要与口语朗读节奏相契合;有时可能整整一个句子只能读作一组意群,并与另一组意群构成一种奇妙的关系。[1]

另外,英诗中还存在大量的头韵、行间韵,在汉译中无法一一体现,以《穿过绿色茎管催动花朵的力》为例:

The force that through the green fuse drives the flower
Drives my green age; that blasts the roots of trees
Is my destroyer.

穿过｜绿色｜茎管｜催动｜花朵的｜力－

---

[1] 海岸:《诗人译诗 译诗为诗》,引自海岸编选:《中西诗歌翻译百年论集》,上海外语教育出版社,2007年,第697—706页。

催动│我-│**绿色的**│年华;│**摧毁**│树根的│力-
摧毁│我的│一切。

首节前三行带【f】【d】头韵的诗行,笔者试图采用"穿/催/摧;绿/力"营造头韵的对应。阅读第一行时,我们只将它读作一组意群,不停顿,符合"循环音步"原则;第二行分两组意群,第三行一组意群。第二行的"我—"后面需加空拍"—"稍做停顿,才能和谐相应;句尾单音节的"力"也为左重双拍步,其中第二拍是空拍。我将诗行看作是一组组意群,希望在阅读时创造轻松而紧凑的效果,只有使汉译的节奏顺应天然的内心节奏,才能让诗句中跃动着自由之气。我有理由相信,新一代诗人译者在汉译中会不断创造出与英诗音韵节律等效或作用相仿的语言表达形式,使译诗的节奏抑扬顿挫、起伏有致、意境相随。

* * *

记得我最初读到狄兰·托马斯的诗歌(巫宁坤译),是20世纪80年代初在杭州大学小书店里买到《外国现代派作品选》(第二册)时。80年代后期,诗人傅浩从浙江衢州寄来狄兰·托马斯的英文诗集《诗合集1934—1952》,即诗人生前选定意欲留世的91首诗之合集。那时我已到了上海，在完成研究生学业之余选译第一稿，再交由傅浩、鲁萌修订，后在《国际诗坛》(第4辑，1988)发表了一辑"狄兰·托马斯诗选"。再后来译稿又回到我手里修订，其间适逢我大病一场，也就断断续续修订了十余年，我是从狄兰·托马斯生死主题的诗篇中吸取了战胜疾病、战胜死亡的力量。

2002年，河北教育出版社推出"20世纪世界诗歌译丛"，第一辑收入了我们翻译的《狄兰·托马斯诗选》。近年来，狄兰·托马斯的诗歌愈加受到读者，尤其是青年读者的喜爱。2014年初，正值世界各地纪念诗人狄兰·托马斯诞辰100周年之际，北京外语教学与研究出版社以英汉对照形式推出了由我精选并翻译的《狄兰·托马斯诗选》。2015年，我借赴以色列之机，又得以修订不少与《圣经》相关的诗句及译注，同年，人民文学出版社也约我出版《不要温顺地走进那个良宵：狄兰·托马斯诗选》。2016年春节假期，在英国威尔士班戈大学攻读博士学位的于金权同学来沪调研狄兰·托马斯诗歌在汉语世界的传播与接受，为我带来了世界各地关于狄兰·托马斯诗歌研究的资讯，尤其是威尔士的狄兰·托马斯研究专家约翰·古德拜教授编辑出版的《狄兰·托马斯诗集》，收录了170多首诗歌。2017年，美国新方向出版社也推出了这版诗集，且该社在2003年就出版过丹尼尔·琼斯生前修订的《狄兰·托马斯诗歌》，收录包括《笔记本诗抄》及早期作品在内的 201 首诗歌——新方向出版社推出的这两个版本就是我近年修订时参考的英文底本，除了译文的修订之外，我还根据国际学界的最新研究成果增加或修订了不少注释。2021 年初，由我所著的《狄兰·托马斯诗歌批评本》（十九首世界诗歌批评丛书 / 华东师范大学出版社）出版，继而我更新了双语版《狄兰·托马斯诗选》（英诗经典名家名译 / 外语教学与研究出版社）。雅众诗丛·国外卷也将这版诗人生前意欲留世的《诗合集 1934—1952》纳入其中，在此一并致谢。此版注读本已补齐《薄暮下的祭坛》《愿景与祈祷》《秀腿诱饵的歌谣》三首小长诗，以飨读者。

海　岸
2021 年 9 月 30 日
上海浦东

序 诗[1]

此刻白昼随风而落

上帝加速了夏日的消亡,

在喷涌的肉色阳光下,

在我大海摇撼的屋内,

在鸟鸣和果实、泡沫、

笛声、鱼鳍和翎毛[2]

缠绕的危岩上,

在树林舞动的树根旁,

在海星浮动的沙滩,

---

[1] 写于1952年3—5月间,诗人编完意欲留世的《诗合集1934—1952》(*Collected Poems 1934-1952*)写下这首"序诗",也是他生前写下的最后一首诗。这首诗的诗体源自对中古威尔士诗歌及法国普罗旺斯诗体的实验性探索,分上下两阕,各为51行诗句,原文韵式相对,上阕首句与下阕末句押韵,第二句与倒数第二句押韵,以此类推,直到全诗102行中间两行第51句与第52句押韵,成为最后的对句。诗中大洪水、方舟、平行体句式自然地让人联想到《圣经·旧约·创世记》(6:10-9:19)里的大洪水图式,详见笔者的著作《狄兰·托马斯诗歌批评本》。

[2] "鸟鸣和果实、泡沫、/ 笛声、鱼鳍和翎毛"(chirrup and fruit, / Froth, flute, fin and quill),一种提喻(synecdoche)手法,化抽象为各种具象。

与渔娘们一起穿梭海鸥、

风笛手、轻舟[1]和风帆,

那儿的乌鸦乌黑,挽起

云彩的渔夫,跪向

落日下的渔网,

行将没入苍天的雁群、

戏闹的孩子、苍鹭和贝壳,

述说着七大洋[2],

永恒的水域,远离

九天九夜的城邦

周遭的塔楼,

像干草高高的梗茎,

随信仰之风陷落,

我的歌声,在脆弱的和平[3]下,

献给你们陌生人(歌唱

虽然是一种炙热亢奋的行为,

但我锯齿般扩展的歌声

就是众鸟的烈火

席卷大地的森林),

---

1 原文"cockles"为"轻舟"与"鸟蛤"的双关语。
2 "七大洋"(seven seas),指北冰洋、南冰洋、北大西洋、南大西洋、北太平洋、南太平洋及印度洋。
3 "脆弱的和平",此时为 1952 年,正值冷战时期。

透过这些拨弄大海的叶片,

仿佛树叶般

飘起又飘落,

迅然破碎又不灭,

步入三伏天的夜晚。

肉色的阳光舔着大海落下,

无言的天鹅拍蓝

我轻拍海湾的薄暮,此刻我

砍劈这不同形态的喧闹

为了让你知晓

我,一位编织手[1],如何

赞美这一星球,鸣禽喧闹,

大海诞生,却为人撕咬,为血祈福。

听:我吹奏喇叭颂扬这世界,

从游鱼到跃动的山岗!看:

我建起一叶怒吼的方舟[2],

倾注我最美好的爱,

当洪水高涨,

从恐惧的源头,

---

1 原文"a spinning man"为"编织手"与"虚构者"的双关语。
2 方舟,据《圣经》记载,上帝让挪亚建造方舟,让其全家和一些畜类、鸟类都躲进方舟以逃避大洪水之灾难。

赤色的愤怒、生存的人类

熔化为山涧的泥石流[1],

越过休眠的伤口,

白羊遍野的空旷牧草地

抵达我怀抱中的威尔士。

嘀,守护城堡的猫头鹰,

你歌王般颂唱,月光般扫视

幽谷中闪烁的奔跑,

俯掠毛茸茸的小兽[2]!

嘀哈,在垂直的山岗[3],

哦,我那受惊的斑鸠

声声鸣叫,几乎与威尔士

和恭敬的秃鸦一样黝黑,

咕咕地唱起林中的颂辞,

在月下的鸟窝倾诉忧郁的音符

撒向成群的麻鹬!

嘿,叽叽喳喳的鸟群,

在闲聊的海岬之上,

---

1 此句"熔化为山涧的泥石流"(molten and mountainous to stream),指诗人所恐惧的核大战结局。
2 原文"deer"(小兽,小动物),为古语。
3 原文"bryns"(山岗),为威尔士语。

张大嘴[1],叼起了悲哀!

嗨,从隆起的山岗

窜出一只飞奔的雄兔!

这一道狐光,听到我洪荒之舟的

铿锵声,我的砍伐和击打[2]

(一阵砧骨的撞击

一阵马勃菌吹奏出

我胡闹又喧嚣的曲调)

但动物们稠密如贼

踉跄在上帝粗犷的原野

(向他的兽盔们致敬!)

嘘,野兽们稀疏地安睡

在陡峭的山林!垒起草垛的

农场空空荡荡,

一片水域咯咯作响,

谷仓顶上公鸡齐鸣!

哦,邻里的王国,长鳍的、

长皮的和抖动羽翼的,瞬间扑向

我拼合的方舟,月光[3]闪烁

---

1 原文"agape"(张大嘴;圣爱),为希腊语源的双关语。
2 表面上描写造船的过程,实则象征诗歌创作的艰辛。
3 原文"moonshine"为"月光;私酿酒"的双关语。

海湾边醉酒的挪亚[1]

带着兽皮、鳞片和绒毛：

唯有深溺的羊铃

教会的喧嚣，

脆弱的和平随夕阳西下

黑暗驶入每片圣地的沙洲。

我们独自安然地渡过，

在威尔士的星空下，

呼喊，成群的方舟！穿过

波涛倾覆的陆地，

它们敞开爱的怀抱，前行

仿佛木制岛屿，翻越重重山岗。

嚆嚆，我那昂首鸣笛的鸽子！

啊嚆，越过大海的年迈狐狸、

托马斯[2]雀、大卫[3]鼠！

我的方舟唱响在阳光下，

上帝加速了夏日的消亡

此刻洪水盛开如花

---

1 挪亚（Noah），《圣经》中的人物。据《圣经》记载，挪亚是拉麦的儿子，曾用歌斐木建造方舟，拯救生灵。《圣经·旧约·创世记》9:21 记载"他喝了园中的酒便醉了"（When he drank some of its wine, he became drunk），喜酗酒的诗人此处将自己的诗歌创作比作挪亚建造方舟。
2 原文"Tom"为"Thomas"（托马斯，诗人家族的姓）缩写。
3 原文"Dai"为"David"（大卫，诗人父亲名）的缩写。

我看见夏日的男孩 [1]

1

我看见夏日的男孩在毁灭 [2],

金色的家园 [3] 荒芜,

沃土冻结,不见一丝丰盈;

他们携来妙龄少女,

冬日冰封的爱浇灭热情,

潮汐淹没他们满舱的苹果 [4]。

这些光的男孩累积几多荒唐,

搅酸煮沸的蜂蜜;

---

[1] 写于1934年3—4月间,6月发表于《新诗》(*New Verse*),同年收录于诗集《诗十八首》(1934)。此诗的主题为生死两极间的成长与衰败的进程。诗题中的"boys"在南威尔士方言中指向各年龄段的"男子",末节生死主题分两个角色交替说话。
[2] 原文"in their ruin",为"毁坏,毁灭"与"堕落"的双关语。
[3] 原文"tithings"(什一税;什一奉献),转喻"家园"。
[4] 原文"apples"(苹果),喻"苹果"样的乳房,性欲的象征。

手指伸进蜂巢拨弄着霜柱[1]；

他们在阳光下养育神经，

一丝丝冰冷的幽暗和疑虑；

养育他们的神经；

一轮信号月凸显虚幻的零[2]。

我看见夏日的孩子在娘胎里

拨开强壮子宫的气象，

可爱的拇指划分夜和昼；

在日月切分的浓荫深处，

他们涂抹自己的堤坝，

像日光涂抹自己脱壳的头颅。

我看见这些男孩成无名的小卒，

随着种子渐渐地转化，

热烈的跳跃或让空气残缺；

三伏天涌动的光和爱

从心田进入喉口爆发。

哦，瞧那冰雪中夏日的脉动。

---

[1] "手指……拨弄着霜柱"（the jacks of frost they finger），指手淫。
[2] 原文"signal moon"（信号月），指"怀孕九个月"；"zero"（零）形似"月亮"与"子宫"。

2

但是,季节必须接受挑战或踉跄

坠入钟声齐鸣之地;

我们叩响星星,死亡般准时;

冬日昏昏欲睡的男人,

在夜晚扯动黑舌之钟,

当她吹响,却吹不回午夜的月光。

我们是黑暗的否定者,让我们

从夏日的女人召唤死亡,

从痉挛的情人召唤强悍的生命,

从漂浮大海的漂亮尸体

召唤戴维神灯[1]亮眼的蠕虫,

也从种植的子宫召唤稻草人。

我们夏日男孩,在呼呼生风的旋转中,

---

1 "戴维神灯",指深海恶魔戴维·琼斯(Davy Jones)箱子上的神灯。据古老的水手传说,戴维·琼斯喜欢待在深海中,却常在暴风雨的夜晚出没在活人的船上。戴维·琼斯的箱子代表水手的安息地,即代表死亡。

海藻般的铁绿植物[1]

举起喧嚣的大海,击落她的鸟群,

采拾世间球状的波浪和泡沫,

让她的潮汐窒息沙漠,

为扎一只花环,搜遍乡间的花园。

在春天,我们在前额缠上青枝[2],

嗨,还有血液和浆果,

把欢乐的乡绅钉上树干;

爱的湿润肌体在此枯干而亡,

无爱的采石场打破一吻。

哦,瞧这些男孩终将历经两极。

3

夏日的男孩,我看见你们在毁灭。

蛆虫样的男子[3]荒芜。

---
1 原文"iron"(铁),在狄兰·托马斯的世界,金属、植物与肉体都是可相互转换的一体。
2 原文"holly"(青枝),替代荆棘缠成花冠,象征未来的重生。
3 原文"man in his maggot"(蛆虫样的男子),典出威廉·布莱克(William Blake, 1757—1827)的《天堂之门》(*The Gates of Paradise*, 1793),蛆虫长有婴儿的脸;另"蛆虫"(maggot)或"蠕虫"(worm)隐喻阴茎。

而男孩们的精囊丰盈又陌生。

我长成你父亲般的男人。

我们是燧石和沥青的子孙。

哦,瞧两极在亲吻,当他们交错时[1]。

---

[1] 原文"poles"(两极),指的是生死两极;"cross"一词双关,蕴含"性交"与"十字架"之义。

一旦晨曦之锁[1]

一旦晨曦之锁锁不住
我那蠕虫般长长的手指[2],
拦不住我拳沿周遭奔腾的大海,
时光之嘴,像海绵一般吮吸
每一折叶乳白色的酸汁,
吞食而竭胸乳间流淌的水域。

当乳汁般的大海被吸尽,
干涸的海床一览无余,
我派遣生灵去巡视我的世界,
大地自身长出毛发和骨骼,
靠神经和大脑将我缝在一起,
我的瓶状之躯系上他的肋骨。

---

[1] 写于1933年11月11日,修订于1934年,同年发表于《新诗》,收录于诗集《诗十八首》。此诗主题涉及出生后青春期自我探寻的性幻想以及成人面对生死进程的思考。
[2] 此句首个 "locks"(锁)是名词,第二个 "locked"(锁住)是动词。双关语 "twilight",既是 "晨曦,曙光",也是 "暮色,暮光"。首节描写孩子出生、吸奶、断奶的进程。

我的引信定时引爆他的心,

他像点燃的火药爆裂,

随太阳度过一段短暂的安息,

但当星星们,一旦成形,

在他眼里拉动入眠的秸秆,

他就将父亲的魔力溺毙在梦里。

墓穴里所有孩子[1]都披上盔甲,

红发的癌肿依然存活于世,

患上白内障的眼睛被蒙上尸布;

有些死者松开丛生的下颌,

成袋的血液放飞成群的苍蝇;

他用心熟记死亡的一览表[2]。

睡梦在巡航时光的潮汐;

坟地里干枯的马尾藻

要将死者交给[3]操纵的大海;

睡梦在海床之上无声碾过

1　原文"issue",指"孩子;子嗣"。
2　原文"Christ-cross-row",指"一览;入门知识"。
3　"将死者交给"(Gives up its dead),参见《心灵气象的进程》一诗末尾的注释。

而鱼饵就此喂养鬼魅
他们透过花丛去潜望天空。

从酸橙树上垂落的吊死鬼
幽灵般转动螺旋形的四肢,
那柏树少年随鸡鸣而亡,
这些那些入眠的追梦人
全都成了神情恍惚的乳儿,
在后面抨击想象中的傻瓜。

一旦晨曦的螺杆被人转动,
母亲的乳汁僵若砂砾,
我派遣自己的使节走访光明;
他却有意无意地坠入梦境,
念动咒语召唤尸体之形,
在他心中劫取我的体液。

醒来吧,沉睡者,去迎向太阳,
小镇早起的劳作者,
就此离别被谎言麻醉的阿谀奉承者;
光的栅栏——倒下,
除了敏捷的骑手,一切都被摔下,
而世界从树梢垂落[1]。

---

1 世界因成熟"从树梢垂落"(hang on the trees)。

心灵气象的进程[1]

心灵气象的进程
变湿润为干枯;金色的射击[2]
怒吼在冰封的墓穴[3]。
四分之一血脉的气象
变黑夜为白昼;阳光下的血
点燃活生生的蠕虫[4]。

眼目下的进程
预警盲目的骨头;而子宫
随生命泄出而驶入死亡。

---

1 写于1934年2月2日,11日发表于《周日推荐》(*Sunday Referee*),收录于诗集《诗十八首》。这是狄兰·托马斯"进程诗学"的首篇范例,大自然的进程与生灵的生死转化、人类心灵气象的进程息息相关。"weather"(气象,气候,天气)实为"进程,过程"的一种范例,详见笔者的著作《狄兰·托马斯诗歌批评本》。
2 原文"golden shot"(金色的射击),暗喻"射精"。
3 原文"tomb"(墓穴)与下节"womb"(子宫)间只差一个字母,投胎的生灵似乎瞬间完成生死的交替。
4 原文"living worm"(活生生的蠕虫),暗喻"阴茎",实指墓穴里的蛆虫。

眼目气象里的黑暗

一半是光；探测过的海洋

拍打尚未英化的[1]大地。

种子[2]打造耻骨区的一片森林

叉开一半的果实；另一半脱落，

随沉睡的风缓缓而落。

肉体和骨骼里的气象

湿润又干枯；生与死

像两个幽灵在眼前游荡。

世界气象的进程

变幽灵为幽灵；每位投胎的孩子

坐在双重的阴影里。

将月光吹入阳光的进程，

扯下皮肤那褴褛的帷幕；

而心灵交出了亡灵[3]。

---

1 基于威尔士研究者约翰·古德拜教授观点，此处词根 "angle"（成角；垂钓），与威尔士被英化（anglicized）形成语义双关。
2 原文 "seed" 蕴含"种子"与"精子"的语义双关。
3 原文 "and the heart gives up its dead"（而心灵交出了亡灵），典出《圣经·新约·启示录》20:13 使徒约翰的话语："the sea gave up the dead which were in it"（于是大海交出海底的死人），接受最终的审判，蕴含"天启文学"的象征意义。

当我敲敲门[1]

当我敲敲门[2],肉体任意出入
以液态的手指轻叩子宫之前,
我像水一样飘忽无形,
那水汇成我家乡旁的约旦河[3],
我是摩尼莎[4]女儿的弟兄,
我也是繁衍蠕虫的姊妹[5]。

---

1 写于1933年9月6日,1934年经修订收录于诗集《诗十八首》。这是一首表现生物形态进程中重要节点的"胚胎诗",融自身、凡夫俗子和耶稣基督的生死于一体,叙述从受精、怀孕、妊娠到分娩的进程。
2 原文"knocked"(敲门),蕴含"性交;受孕"的性内涵,参见《时光,像一座奔跑的坟墓》一诗注释,此处指"胎儿"的活动。
3 约旦河(Jordan),源于叙利亚境内,向南流经以色列,在约旦境内注入死海,是世界上海拔最低的河。
4 原文"Mnetha"(摩尼莎),典出英国诗人布莱克诗篇《蒂丽儿》(*Tiriel*)的人物,据研究分析,"Mnetha"系拼缀希腊神话记忆女神摩涅莫绪涅(Mnemosyne)与智慧女神雅典娜(Athena)回文而成,她的女儿即是诗歌女神缪斯。
5 上下行典出《圣经·旧约·约伯记》17:14:"我对墓穴说:你做我的父!称蠕虫为母亲、姊妹"(I have said to corruption, Thou art my father: to the worm, Thou art my mother, and my sister),蕴含生死循环、更新替代的进程。

我充耳不闻春天和夏天,

叫不出太阳和月亮的名字,

我感奋血肉盔甲之下,

砰然作响,尚未熔合,

天父从穹顶挥下

雨点般的铁锤,铅星飞溅。

我知晓冬天的讯息,

冰雹纷飞,雪花如嬉,

而寒风追逐我的姊妹;

风在我体内跳动,恶露降临;

我的脉象随东方气象流动;

未出生我就知晓黑夜与白昼。

我迄今尚未出生,却饱经风霜;

噩梦折磨我,百合般的骨骼[1]

绞成一组活生生的密码。

而被肢解的血肉穿越肝区上

一排排绞刑般的十字架,

---

[1] 原文"lily bones"(百合般的骨骼)典出《圣经·旧约》故事,天使长加百利带着百合花向玛利亚报喜,此处将耶稣成长的骨骼与纯洁的百合花融为一体。

穿越脑海里绞杀的荆棘。

在肌肤和脉管围拢井口前,
我的喉咙早已知晓干渴,
井水和言词融为一体,
无穷无尽,直到血液发臭;
心感受到爱,胃饱尝饥饿;
我在自己的粪便嗅到蛆虫。

时光抛出我凡夫俗子的躯体
漂泊或沉没于大海,
熟悉咸潮奔涌的历险
却无法触及彼岸。
我啜饮时光的葡萄汁
愈加变得奢华富有。

我,出自灵和肉,非人
亦非灵,却是必死的灵。
我被死亡的羽毛[1]击倒在地。
我终将一死,最后

---

1 "死亡的羽毛"(Death's feather),典出古埃及《亡灵书》(*Book of the Dead*),描述亡灵受审的仪式,参见《假如我被爱的抚摸撩得心醉》一诗末节首句的注释。

一口长长的气息捎给天父
捎去基督临终前的口信。

你敬拜祭坛和十字架,
记住我,怜悯他
误认我的骨和肉为盔甲,
两次穿越我母亲的子宫[1]。

---

[1] 原文 "and doublecrossed my mother's womb" [两次穿越(欺骗)我母亲的子宫],一次指的是圣灵进入玛利亚的子宫,第二次指的是耶稣的出生。

穿过绿色茎管催动花朵的力[1]

穿过绿色茎管[2]催动花朵的力[3]

催动我绿色的年华;摧毁树根的力

摧毁我的一切。

我无言相告[4]佝偻的玫瑰[5]

一样的寒冬热病压弯了我的青春。

驱动流水穿透岩石的力

---

[1] 写于1933年10月12日,29日发表于《周日推荐》,次年收录于诗集《诗十八首》。这是狄兰·托马斯"进程诗学"中的一首成名作。诗中人的生老病死与自然的四季交替,融为一体,生死相继,详见笔者的著作《狄兰·托马斯诗歌批评本》。

[2] 原文"fuse",植物梗茎的古体字,现兼具"茎管;保险丝;雷管,信管,导火索"等多重语义。此节前三行带【f】【d】头韵,译稿采用"穿/催/摧;绿/力"营造头韵对应。

[3] 诗篇一再出现的"力",兼具宇宙间"创造"与"毁灭"的能量。

[4] 原文"dumb"兼具"无言,不能"与俚语"蠢笨"的语义双关;"I am dumb to tell"(我无言相告)为一种矛盾修辞法。

[5] "佝偻的玫瑰"典出英国诗人布莱克的小诗《病玫瑰》(*The Sick Rose*,1794)。

驱动我鲜红的血液；驱使溪口干涸的力

驱使我的血流枯荣[1]。

我无言相告我的血脉[2]

同是这张嘴怎样吮吸山涧的清泉。

搅动一泓池水旋转的手

搅动沙的流动；牵动风前行的手

扯动我尸布的风帆。

我无言相告那绞死的人

我的泥土怎样制成刽子手的石灰[3]。

时间之唇水蛭般吸附泉眼；

爱滴落又聚集，但是洒落的血[4]

定会抚慰她的伤痛。

我无言相告一个季候的风

---

[1] 原文"mine"语义双关，兼"我的血流"与"矿脉"；"wax"既指"兴盛"，又暗指蜡样的死尸，兼具生与死"兴衰枯荣"的语义双关。
[2] 原文"vein"，兼具"静脉；矿脉，岩脉；叶脉"的语义双关，典出英国诗人约翰·多恩（John Donne, 1572—1631）的《哀歌》11。
[3] "刽子手的石灰"（hangman's lime）及此节的第二行"quicksand"（流沙）可联想到"quicklime"（生石灰），熔化被处决的尸体。"quick"兼具生与死的双重含义。
[4] "洒落的血"（fallen blood），暗喻孩子的诞生。

时光怎样围绕星星滴答出一个天堂。

我无言相告情人的墓穴
我的床单怎样扭动一样的蠕虫[1]。

---

1 原文"sheet"与"crooked worm"均为双关语,前者一语双关为"床单"和书写的"纸页",后者为墓穴里"扭动的蠕虫"和书写时"佝偻的手指",当然也可联想为床笫之上"扭动的阴茎";另外,"蠕虫"在传统意义上往往是撒旦的意象,也是死亡的象征。

我的英雄裸露他的神经 [1]

我的英雄裸露他的神经

主宰手腕直至臂膀,

剥开俯身于我凡胎的脑袋 [2],

像个昏昏欲睡的幽灵,

那高傲的脊椎拒绝扭动。

这可怜的神经连线至颅骨

在失恋的纸笺上疼痛不已

我以狂放的草书拥抱爱

倾诉所有爱的饥渴

在纸页书写空虚的病痛。

我的英雄向我裸露一侧,看见

他的心,像赤裸的维纳斯,

踏着血肉之滨,舞动血红的辫子;

---

1 写于1933年9月17日,次年收录于诗集《诗十八首》。此诗融写作与自淫于一体,难分诗写或性欲的焦虑,"penis"(阴茎)和"pen/is"(笔)构成一对双关语的意象,构成这一阶段的诗歌主题。
2 原文"head"(脑袋),也指向"龟头"(glans)。

他向我剥开我耻骨区的诺言,

允诺一次秘密的欢愉。

他握住这盒神经[1]的引线,

颂扬凡间的生死,

错误,一对悲伤的无赖贼子,

和那饥渴的帝王;

他拉动链子,水箱随之冲洗[2]。

---

1 "这盒神经"(box of nerves),既指大脑神经,也指阴茎神经。
2 原文"pull the chain"(拉动链子),蕴含"冲洗厕所"之意,仿自俚语"pull the wire"(手淫),后半句中的"cistern"(储水箱),可联想到他早年习作中的"cistern sex"(储性池)。

在你脸上的水 [1]

在你脸上的水一度被我螺杆 [2],
转动的地方,掠过你枯干的灵魂,
死者的眼睛上翻 [3];
在鲛人一度撩起头发穿越
你冰层的地方,刮过干枯的风
穿越盐卤、草根和鱼卵 [4]。

在你绿色的绳结一度下潜潮汐
缚住船索的地方,走来
那绿色的解缚者,

---

[1] 写于1934年3月18日,同年发表于《周日推荐》,收录于诗集《诗十八首》。这是又一首蕴含"进程诗学"的诗篇。诗题"Where once the waters of your face"出自《圣经·旧约·创世记》1:2的"the face of the waters"(大水的表面),但做了翻转的字面游戏;"the waters of your face"也可理解为"你脸上的泪"。
[2] 原文"screws"可理解为"螺杆""螺旋桨"乃至"性交"等多层含义。
[3] 原文"turn up its eye"(眼睛上翻),仿自习语"turn up one's nose"(翻鼻子;看不起)。
[4] 原文"salt and root and roe"(盐卤、草根和鱼卵),象征"繁殖力"。

剪刀抹上油，松弛的刀片下悬，
从源头切断他们的通道，
摘下湿漉漉的果实。

来去无踪，潮升汐落
拍打水草丛生的爱情之床；
爱的水草枯萎而亡；
孩子的身影晃动在岩石的四周，
他们在各自的空隙，向着
海豚游弋的大海呼喊。

尽管干枯如墓穴，你斑斓的眼睑
绝不会垂闭，圣贤施展魔力
滑过大地和天空；
你的床笫将铺满珊瑚，
你的潮汐将游动起蛇群，
直到所有大海的信念消亡。

假如我被爱的抚摸撩得心醉[1]

假如我被爱的抚摸撩得心醉,

一位偷我到她身旁的骗子女郎,

就会穿过她的草窟,扯下我绑扎的绷带,

假如红色的挠痒[2],像母牛产仔般

从我的肺中还能挠出一串欢笑,

我就不畏苹果[3],不惧洪水,

更不怕春天的恩仇[4]。

是男孩还是女孩?细胞问,

肉身扔下一团火一样的梅子。

---

[1] 写于1934年4月30日,8月发表于《新诗》,同年收录于诗集《诗十八首》。全诗前四个诗节主导生命的四个阶段——胚胎期、婴儿期、青春期、衰老期,下阕三个诗节夹紧"性与死亡"向前推进,详见笔者的著作《狄兰·托马斯诗歌批评本》。
[2] "红色的挠痒"(the red tickle),隐喻春天激发的性冲动。
[3] 原文"apple"(苹果),既是"青春、情欲"的象征,又暗喻伊甸园原罪之形。
[4] 原文"the bad blood of spring"(春天的恩仇),指《圣经·旧约·创世记》里"苹果"隐含的原罪、"洪水"的惩罚,以及耶稣基督后来被钉死在十字架的救赎。

假如我被孵化的毛发撩得心痒，

翼骨在脚后跟一阵阵发芽，

婴儿的大腿窝挠得人发痒，

我就不畏绞架，不惧刀斧，

更不怕战火下的十字架[1]。

是男孩还是女孩？手指问，

在墙上涂画绿衣少女和她的男人。

我就不畏爱的强行侵入，

假如我被顽皮的饥渴撩得心醉，

预演的热流窜过毛边的神经，

我就不惧耻骨区的魔头，

更不怕直白的坟墓。

假如我被情人的抚摸撩得心醉，

却抹不平额上乌鸦的足迹，

也抹不去患病老人颔下的垂锁，

时光、性病[2]和求欢的床榻

留给我寒冷，如同黄油留给飞蝇，

---

1 原文"the crossed sticks"（交叉的枝条；十字架）语义双关。

2 原文"crabs"语义双关，一指性病，"阴虱寄生病"；二指老年人"蟹爬"的步态。

沉渣浮起的大海就会将我淹没，
海浪拍打情人的脚趾。

这个世界半属魔鬼，半属我身，
一位愚蠢的女孩疯狂地吸毒
烟雾缠绕花蕾[1]，击中[2]她的眼神。
老人的胫骨流着我一样的骨髓，
所有觅食的鲱鱼弥漫大海[3]，
我坐看指甲下的蠕虫
耗尽活着的生命。

这就是抚摸，撩人心醉的抚摸。
一脸疙瘩的莽汉摇曳一身的情欲
从湿漉漉爱的私处到护士的扭动
都无法挠起子夜吃吃的笑声，
即便他发现了美，从恋人、母亲
和情人们的胸乳，或从他

---

1 原文"bud"（花蕾），象征诱惑，另见《当初恋从狂热渐趋烦恼》中的"花蕾"和《忧伤袭来前》中的"花苞"。
2 诗人狄兰·托马斯笔下的"fork"语义双关，既是园艺的"杈子"（pitchfork），又是音乐的"音叉"（pitchfork）；此处为动词"刺穿；击中"，也是蕴含的性意象，因"fork"与"fuck"（性交）谐音。
3 原文"herrings smelling in the sea"语义双关，既指鲱鱼凭着气味搜寻食物，也指死鲱鱼弥漫大海。

撩动风尘的六尺身躯。

何谓抚摸？是死亡之羽[1]撩动神经？
是你的嘴、我的爱亲吻出的蓟花？
是我的耶稣基督[2]戴上荆棘的树冠？
死亡的话语比他的尸体更干枯，
我喋喋不休的伤口印着你的毛发。
我愿被抚摸撩得心醉，即
男人就是我的隐喻。

---

1 "死亡之羽"，参见《当我敲敲门》一诗关于"死亡的羽毛"的注释。
2 原文"my Jack of Christ"（我的耶稣基督），蕴含耶稣、狄兰·托马斯及其父亲（Jack Thomas）。

我们的阉人梦见[1]

1

我们的阉人梦见光和爱,光影中
不见一丝籽核,内心一副暴脾气
猛捶男孩的肢体[2],
她们脚缠床单和披肩,
打扮黑发新娘,夜晚时分的寡妇
紧搂在怀里。

尸布的气味弥漫,当阳光西沉
女孩们的鬼魅与蠕虫分离,
男人的身骨[3],在床笫衰败,
为午夜的滑车逐出坟墓。

---

1 写于 1934 年 3 月,4 月发表于《新诗》,同年收录进诗集《诗十八首》。一首融性幻想与社会革命为一体的诗篇。
2 在 "the tempers of the heart, / Whack their boys' limbs"(内心一副暴脾气,/ 猛捶男孩的肢体)中,"temper"(脾气)与 "tempter"(诱惑者),"whack"(猛捶)与 "wank"(手淫)谐音,看来是一场淫梦。
3 此处"男人的身骨"(The bones of men)在原文俚语中为"勃起"。

2

在我们这个时代,枪手和他的妞头,
两个单维度的鬼影,在胶片上做爱,
在我们肉眼看来好怪异,
诉说子夜情欲高涨时的呓语;
收起摄影机,他俩匆匆赶往
当天院落里的巢穴。

他们在弧光灯和我们的颅骨间跳舞,
强行地拍摄[1],消磨夜晚的时光;
我们目睹影子亲吻或杀戮的表演,
爱充满谎言,散发着赛璐珞[2]的气味。

3

哪个是真实的世界?我们俩入睡,
哪位将从睡梦中醒来,药剂及痛痒

---

[1] 原文"shots",为"拍摄"与"射击"的双关语。
[2] 赛璐珞(celluloid),英语本义为明胶,可用来制作人造塑料,也可用来制作电影胶片。

养育这红眼的大地?
快乐的绅士,威尔士的富人,
打发日光的身影及古板的风范,
或挂上夜挡前行。

相片嫁给了眼睛,
植入新娘单面皮肤的真相;
梦境吸走入眠者身上的信仰,
裹着尸布的男人带着骨髓飞翔。

4

这就是真实的世界:我们躺着
一样的衣衫褴褛,我们破衣
遮体,忠诚相爱[1];
梦境将掩埋的尸体踢出眠床,
让垃圾像生者一样受人敬仰。
这个世界承受翻转[2]。

---

1 另一版本为"尚能勉强相爱"(Loving and being loth)。
2 另一个版本是"就是这个世界。信心满满"(This is the world. Have faith)。

因为我们将像公鸡一样啼鸣,
吹回昔日的逝者;我们的枪弹
击中碟中的影像;
我们定是顺应生活的伙伴,
活着的人们将开出爱的花朵,
颂扬我们远去的心。

尤其当十月的风[1]

尤其当十月的风

伸出霜寒的手指惩处我的发丝,

我为蟹行的阳光挟持,火辣辣地走,

在大地投下影子,蟹一般爬行,

在海边倾听鸟群的喧鸣,

倾听渡鸦咳叫在冬日的枝头,

我忙碌的心一阵阵战栗,当她

倾泻音节般的血,倾吐她的话语。

也被关进词语之塔,我标识[2]

女人,像一棵棵树在地平线行走[3],

她们的身姿喋喋不休,公园里

1　写于1932—1933年间,1934年经修订以《十月之诗》(*Poem in October*)发表于《倾听者》(*Listener*),同年收录于诗集《诗十八首》。此诗为诗人"生日诗"系列中的第一首,思考词与物、词与诗之间的关系。
2　原文"mark"(标识)为双关语,大写"Mark"即为《圣经·新约·马可福音》,下一行即福音内容。
3　原文"walking like the trees"(像一棵棵树行走),典出《圣经·新约·马可福音》8:24:"我看见人了,好像一棵棵树在走动"(I see men as trees, walking)。

一排排孩子，星星般示意。

某些词我用发元音的山毛榉造就你，

用橡树的声音，用荆棘丛生的

州郡的根须识别你的音调，

某些词我造就你，用水的言辞。

在一盆羊齿草后摆动的时钟

告诉我时辰的话语，神经的含义

盘旋于茎秆的花盘，啼鸣的雄鸡

宣告早晨降临，预报风标的气象[1]。

某些词我用草地的标识造就你；

草符告诉我知晓的一切，

透过眼睛破晓[2]蠕虫的冬天。

某些词我向你述说渡鸦的罪过。

尤其当十月的风

（某些词我造就你，拼读秋的咒语[3]，

蜘蛛的话语，和威尔士喧闹的山岗）

---

1 原文"windy weather in the cock"（风标的气象），即化用自"weathercock"（风标）。
2 原文"eye"（眼睛）谐音"I"（我）为双关语；"break"为"破晓"与"破裂"的双关语。
3 "秋的咒语"（autumnal spells），指的是凯尔特文化中德鲁伊特教咒语，需要在威尔士的山岗大声地朗读。

握紧芜菁般的拳头惩处大地，
某些词我造就你，用无情的言词。
耗尽心血，拼写一股股奔流的热血，
预警狂怒的风暴即刻来临。
在海边倾听鸟群发出黑色的元音。

时光，像一座奔跑的坟墓[1]

时光，像一座奔跑的坟墓，一路追捕你，

你安然的拥抱是一把毛发的镰刀[2]，

爱换好装[3]，缓缓穿过屋子，

上了裸露的楼梯，灵车里的斑鸠，

被拽向穹顶，

像一把剪刀，偷偷靠近裁缝[4]的岁月，

向羞怯部落中的我

---

1 写于1934年11—12月，同年收录于诗集《诗十八首》。诗人在诗中阐述他特有的时间观念，生命是时光的受害者，生死循环，青春与衰老、快乐与哀伤相依相随。详见笔者的著作《狄兰·托马斯诗歌批评本》。
2 原文"a scythe of hairs"（毛发的镰刀），指的是"the Grim Reaper"（死神），狰狞持镰的收割者，形如骷髅，身披黑色斗篷，最早出自犹太人的传说，《圣经·新约·启示录》14:15也有此典："挥起你的镰刀，收割吧，收获的时刻到了。"
3 原文"in her gear"（换好装），与下句"in a hearse"（上……灵车）押韵。
4 "裁缝"（tailor），象征"创造"与"毁灭"，像希腊神话里的命运之神，有一把"命运之剪"，量体裁衣，缝制生命之衣，隐喻掌控生死的能力，参见《二十四年》的注释。

传递比死尸陷阱更赤裸的爱,
剥夺狡诈的口舌,他的卷尺
剥夺寸寸肉骨[1],

我的主人,传递我的大脑和心脏,
蜡烛样的死尸之心消瘦,
手铲搏动的血,随严密的时光
驱动孩子们成长,仿佛青肿袭上拇指[2],
从处女膜到龟头[3],

因着周日,面对阴囊的护套,
童贞和女猎手[4],男子的眼神昏暗,
我,那时光的夹克或冰外套,
也许无法扎紧

---

1 原文"bone inch"(寸寸肉骨),指卷尺从头到脚丈量肉骨,玄学派的诗写手法,暗喻"阴茎"。
2 "仿佛青肿袭上拇指"(like bruises to the thumb),孩子成长过程中大多有过锤打墙钉,不小心误伤拇指的经历,参见《而死亡也一统不了天下》中的"hammer through daisies"[(像锤打一番用力)穿越雏菊崭露]的解读。
3 原文"From maid and head"(从处女膜到龟头),化用自"maidenhead"(处女膜)的谐音双关语。
4 "童贞和女猎手"(chaste and the chaser),原文只是一种谐韵的文字游戏。

紧身墓穴里[1]的处女 O[2],

我用力跨过死尸的国度,
讨教的主人在墓石上敲打
血之绝望密码,信任处女的黏液,
我在阉人间逗留,裤裆和脸上
留下硝石的污迹。

时光是一种愚蠢的幻觉,时光与傻瓜。
不!不!情人的脑壳,下落的锤子,
我的主人,你落在挺入的荣耀上。
英雄的颅骨,飞机棚里的死尸
你说操纵杆"失效"。

快乐绝非敲打的国度[3],先生和女士,
癌肿的聚变或夏日的羽毛
飞落到相拥的绿树和狂热的十字架,

---

1 原文"in the straight grave"(紧身的墓穴里),隐喻阴道;"straight"可用于"straightjacket"(紧身衣)。
2 原文"a virgin o"(处女 O)指处女膜,一种极端的文字游戏,隐含处女的荣耀无关紧要;也可解死亡"冰外套"的女装纽扣。
3 此节原文"knocking nation"(敲打的国度)与下节"knock of dust"(尘土的敲打)均可联想到俗语"knocking shop"(妓院,窑子),从而"knock"(敲打)这一动作就有了"性"的隐喻;俚语"be knocked up",即为"怀孕"。

城市的沥青和地铁不倦地养育
人类穿过铺路的碎石。

我浇湿你塔楼穹顶里的烛火。
快乐就是尘土的敲打,死尸穿过
盒内的突变,抽发亚当的芽胚,
爱是暮色苍茫的国度及颅骨,
先生,那是你的劫数。

一切均已消亡,塔楼崩塌,
(风灌满房子)倾斜的场景,
大脚趾随阳光垂落,
(夏日,到此为止),皮肤粘连,
所有的动作消亡。

所有人,我疯狂的人,尽是些肮脏的风
染上吹哨者的咳嗽,时光的追捕
终成死亡的灰烬;爱上他的诡计,
快乐死尸的饥饿,如同你接受
这耐吻[1]的世界。

---

1 原文"kissproof"(耐吻,抗吻),早在20世纪30年代,市场上曾出现过的一种唇膏品牌,此处兼具死亡的药剂和情人的快乐。

当初恋从狂热渐趋烦恼[1]

当初恋从狂热渐趋烦恼,当子宫
从柔软的瞬秒渐趋空洞的分钟,
当胎膜随着一把剪子打开,
系上绿围裙哺乳的时光就此降临,
持续断奶之余,不见嘴舌的骚动,
整个世界在风雨过后,一片虚无,
我的世界受洗于一条乳白色溪流。
大地和天空融为一处虚幻的山岗,
太阳和月亮洒下一样的白色光芒。

从赤足的第一行脚印,举起的手,
散乱的头发,
到非凡神奇的首轮词语,
从内心最初的秘密,预警的幽灵,
到第一次面对肉体时的默然惊愕,

---

[1] 写于1933年10月14—17日,1934年发表于《准则》(*Criterion*),同年收录于诗集《诗十八首》。此诗追溯一个诗人成长的过程,从胚胎成形到出生,从断奶、牙牙学语到走路,到思想的表达。

太阳鲜红,月亮灰白,
大地和天空仿佛是两座山的相遇。

身体渐趋成熟,牙髓长出牙齿,
骨骼在生长,神圣的腺体里
精液谣言般流窜,血液祝福心脏,
四面来风,始终如一地刮个不停,
我的耳朵闪耀声音的光芒,
我的眼睛呼唤光芒的声音[1]。
成倍增加的沙子一片金黄,
每一粒金沙繁衍成生命的伙伴,
颂唱的房子呈现绿意。

母亲采摘的梅子慢慢地成熟,
她从黑暗的一侧生下男孩,
在光的膝下日趋健壮,
结实,蓬乱,懂得腿脚的啼哭,
懂得发出声响,如同饥饿的声音,
渴望风和太阳的喧鸣。

---

[1] "我的耳朵闪耀声音的光芒,/我的眼睛呼唤光芒的声音",典型的一种通感表达。

从肉体的第一次变格[1]
我学会了说话,学会将思想扭曲成
脑海里冷酷的习语,
遮蔽并更新前人遗留下的
片言只语,没有月光的大地,
无需言语的温暖。
舌根在消耗殆尽的癌变中消亡,
空留虚名,只为蛆虫留下印迹。

我学会表达意愿动词,有了自己的秘密;
夜晚的密码轻叩我的舌面;
聚为一体的思想发出不绝的声响。

一个子宫,一种思想,喷涌某一事件,
一只乳房触发吮吸的狂热问题;
从分离的天空,我学会了双重的含义,
双重的世界旋转为一次评分;
万千意念吮吸一朵花蕾[2]
犹如分叉我的眼神;

---
1 借用语言学术语"declension"(变格)描写身体与语言的成长。
2 原文"a bud"(花蕾,花苞),象征诱惑,参见《假如我被爱的抚摸撩得心醉》一诗中的"花蕾"和《忧伤袭来前》一诗中的"花苞"。

青春无比浓郁；春的泪水

在夏天和上百个季节里消融；

太阳和吗哪[1]，带来温暖和养分。

---

[1] "吗哪"（manna），典出《圣经》的古以色列人过荒野时所得的天赐食粮。

最 初 [1]

最初是那三角的星星[2],

一丝光的微笑穿越虚空的渊面；

一根骨的枝干穿越生根的空气,

物质分叉,滋养原初的太阳;

密码在浑圆的空隙里燃烧,

天堂和地狱融合,旋为一体。

最初是那苍白的签名,

三音节,微笑般繁星闪烁;

随之而来水面上留有印迹[3],

---

1 写于1934年4月,更早的版本见于1933年9月,收录于诗集《诗十八首》。诗题《最初》典出《圣经》,在和合本《圣经·旧约》起首中译为"起初",在《圣经·新约·约翰福音》起首中译为"太初"。诗人狄兰·托马斯呼应《圣经》,描述造物主的创世。详见笔者的著作《狄兰·托马斯诗歌批评本》。
2 原文"the three-pointed star"(三角的星星),指的是三位一体的圣父、圣子、圣灵,也指伯利恒(耶稣诞生地)之星。
3 "水面上留有印迹"(the imprints on the water),典出《圣经·旧约·创世记》1:2,既指"上帝的灵在大水之上盘旋",也指"耶稣在(加利利)湖面上行走"的神迹,典出《圣经·新约·约翰福音》6:19。

月亮戳上一枚新脸的印记；

血触及十字架和圣杯[1]，触及

最初的云彩，留下一枚记号。

最初是那升腾的火苗，

点点星火点燃所有的天气，

三眼的红眼星火，迟钝如花；

生命萌发，自翻滚的大海喷涌，

隐秘的油泵自大地和岩页

闯入根须，催动青草成长。

最初是词语，那词语[2]

出自光坚实的基座，

抽象所有虚空的字母；

出自呼吸朦胧的基座

词语涌现，向内心传译

生与死最初的字符。

---

1 "圣杯"（grail），最初指用来收集十字架上受难耶稣的鲜血的杯子，后来遗失。在凯尔特神话中，寻找圣杯成为一个神圣又伟大的主题。
2 "最初是词语，那词语"（In the beginning was the word, the word），此句完整出自《圣经·新约·约翰福音》1:1，和合本译为"太初有道"，冯象新译修正为"太初有言"。该句式在此诗五个诗节的首句重复出现。

最初是那隐秘的大脑。

在音叉转向[1]太阳之前,

大脑接受思想的囚禁与焊接;

血脉在滤网里抖动之前,

喷涌的血迎着光的气流

飘洒那肋骨最初的爱[2]。

1　第五节第三行中"the pitch was forking to"(音叉转向)源自"pitchfork"(音叉),其定出的音高(pitch)常用作调制音律的标准;第一节第四行中"fork"是动词"分叉,分化",是狄兰·托马斯常用的双关语。
2　原文"The ribbed original of love"(那肋骨最初的爱),蕴含《圣经·旧约·创世记》里亚当用肋骨创造夏娃的故事。

光破晓不见阳光的地方[1]

光破晓[2]不见阳光的地方;

不见大海奔腾的地方,心潮涌起

自身的波涛;

而破碎的幽灵,一脑门的萤火虫,

光的物体

列队穿过肉体,不见血肉装点身骨。

腿股间的烛火[3]

温暖着青春和种子,点燃岁月的种子;

不见种子骚动的地方,

男人的果实,在星光下勃发,

无花果[4]般明亮;

---

1 写于1933年11月20日,1934年发表于《倾听者》,同年收录于诗集《诗十八首》。此诗崇拜自然力的存在,同时表现生长与腐朽、生与死相互交错,形影不离。详见笔者的著作《狄兰·托马斯诗歌批评本》。
2 原文"break"(破晓;破坏;终止),既是开始,又是结束。
3 原文"candle"(蜡烛/烛火),暗喻阴茎及欲火。
4 "男人的果实/无花果"(The fruit of man / fig),用圣经里的意象描写多生养,子孙繁如星光;"无花果"一般指向性和生殖。

不见蜂蜡[1]的地方，烛火露出它的毛发[2]。

黎明在目光下破晓而出；
呼啸的热血，像一片海滑过
颅骨和脚趾的两极；
不见篱笆和树桩，天空下的喷井
朝着魔杖喷涌，
微笑地探测原油般的泪水。

黑夜在眼窝里打转，
仿佛黑漆漆的月亮，绕着地球的边界；
白昼照亮身骨；
不见严寒的地方，揭皮的狂风
解开寒冬的长袍；
春天的眼膜[3]从眼睑上垂落。

光破晓隐秘的土地，

---

[1] 原文"wax"（蜂蜡），指死去的肉体，青春的"蜡"既创造又毁灭精子。
[2] 原文"shows its hairs"（露出毛发），指露出蜡烛芯，蕴含死去之意；也指露出耻骨区的阴毛。
[3] 原文"film"和"lid"均为双关语，前者"film"既为眼球上的"膜"，也指"电影画面"；后者"lid"既为"眼睑"，也指棺材上的"盖"。

思维的末梢，思想在雨中变了味；

当逻辑消亡，

泥土的秘密透过目光生长，

血在阳光下暴涨；

黎明停摆在荒地之上。

我与睡梦做伴[1]

我与睡梦做伴,脑海中它亲吻我,
任岁月的泪水洒落;入睡的眼睛
移向光,仿佛月光似的开启我。
我调整脚跟,随着身姿飞翔,
坠入了梦境,飘向上浮的天空。

我逃离大地,赤裸着攀缘气象,
抵达远离群星的第二重地界;
我们在此哭泣,我及另一个幽魂,
我母系的目光,在树梢闪烁;
我逃离那重地界,羽毛般轻盈。

"我父系的车轮叩动轮毂[2]尽情歌唱。"
"我们脚踩的,也是你父系的土地。"
"但我们脚下的土地孕育成群的天使,
他们翼下父系的脸庞,多么亲切。"

---

[1] 写于1934年,同年收录于诗集《诗十八首》。此诗的灵感源自威廉·布莱克的诗歌《梦幻之地》(*The Land of Dreams*),但主题涉及成长中出现的俄狄浦斯恋母情结。
[2] 原文"nave",为"轮毂"和"中殿"的双关语。

"他们不过是梦中人。吹口气,就消失。"[1]

我肘下的幽魂消散,母系的目光,
如同我吹拂的天使,我迷失在
云岸,衔接吸引每座墓穴的鬼魅;
我将梦中的伙伴吹回他们的眠床
酣然入睡,全然不知自己的幽魂。

随后所有在天空生存的万物
抬高了嗓音表达,而我攀缘词语,
用手和毛发拼写自己的幻象,
在这污秽的星球,入眠多么轻松,
在云层的世界,醒来是多么沉重。

时光的梯子[2]向着太阳生长,
每一级响彻爱或终将失去,
寸寸梯子嬉闹男人的血液。
一位老疯子还在攀爬他的幽魂,
我父系的幽魂攀爬在雨中。

---

[1] 此节设置的自我与睡眠关于"父系的大地"与"母系的云层"之间的对话。
[2] "梯子"典出《圣经·旧约·创世记》28:12 雅各梦中的天梯故事。

我梦见自身的诞生[1]

睡出一身汗,我梦见自身的诞生,突破

转动的卵壳[2],壮如

钻头一般的运动肌,穿越

幻象和腿股的神经。

从蠕虫屈身丈量的肢体,曳步

离开皱巴巴的肉身,列队[3]

穿过草丛所有的铁,锉亮

夜色撩人的[4]光金属。

承接流淌爱液的滚烫脉管,昂贵

---

1 诗人早期笔记本诗稿中的一首旧作,1934 年 4—5 月修订,12 月收录于诗集《诗十八首》。此诗的主题为生死与重生,详见笔者的著作《狄兰·托马斯诗歌批评本》。
2 "卵壳"(shell),指母亲的子宫。
3 原文 "file" 为双关语,一为"列队而行",二为"用锉刀锉"。前后的 "flesh"(肉身)与 "grass"(草),典出《圣经·旧约·以赛亚书》40:6:"那肉身皆草,美颜似野花"(All flesh is grass, and all the goodliness thereof is as the flower of the field)。
4 在诗人笔下,夜晚(man-melting night)仿佛是个熔炉,造人的子宫(womb),抑或葬人的墓穴(tomb)。

是我骨骼的生灵，我

环绕代代相传的地球，低速

驶过夜间打扮入时的人[1]。

我梦见自身的诞生再次死去，弹片

击中行进的心，洞穿

缝合的伤和凝结的风，死亡

封住吞入毒气的嘴。

恰逢第二次死亡[2]，我标识山岗，收获

毒芹和叶片，锈了

我尸身上回火的血，迫使

我从草丛再次奋发。

我的诞生赋予感染的力，骨骼

再次生长，赤裸的

亡灵再次穿上新衣。再次

---

[1] 原文"in bottom gear through night-geared man"中的"gear"为"排挡"与"衣服"的双关语，前面的"bottom gear"（低速，低挡），后面的"night-geared"为"夜间打扮入时的"，引喻"堕落"。

[2] 原文"second death"（第二次死亡），一方面指一战与二战，或指性功能的衰竭与死亡，另一方面也指《圣经·新约·启示录》20:14里的"第二遍死"，参见《拒绝哀悼死于伦敦大火中的孩子》一诗末句的注释。

受难的痛吐出男儿的气概。

死去一身汗[1]，我梦见自身的诞生，两次
坠入滋养的大海，直至
亚当一身汗渍发了臭[2]，梦见
新人活力，我去追寻太阳。

---

1 此句"死去一身汗，我梦见自身的诞生"与首句"睡出一身汗，我梦见自身的诞生"呼应，典出莎士比亚《哈姆雷特》III, I, 63-64："To die, to sleep—/ To sleep, perchance to dream—（去死，去睡——/ 去睡，也许会做梦）"。
2 原文"Adam's brine"（亚当一身汗渍），暗喻"精子，子孙"。

我的世界是金字塔[1]

1

半个父亲做伴,空空的宫腔下
倍增的亚当[2]为大海所吞没,
半个母亲相随,性感的[3]乳汁下
她嬉耍明日到来的潜水者[4],
雷骨[5]之上等分裂变的身影
为未诞生的盐乱窜。

半个做伴的身子受冻,冰山的
丰盈涌出腐蚀的潺潺春水,

---

1 写于1934年7月,12月发表于《新诗》,后收入诗集《诗十八首》。此诗的主题是生命受孕的起始与死亡终极的对话。
2 亚当(Adam),《圣经》中的人物,耶和华创造一男一女,男的称亚当,女的称夏娃。此处却指代"阴茎",也指亚当的诞生。
3 原文"horny",既是"角质的,制骨的",也作为俚语,形容男人"性兴奋的"、形容女人"性感的,淫荡的"。
4 潜水者(diver),指的是受孕的孩子。
5 原文"thunder's bone"(雷骨),指的是"耻骨";又与下行的"bolt"(乱窜)构成"thunderbolt"(雷电)。

嬉耍做伴的精液和影子，

旋涌的乳汁簇拥着乳头，

大半个爱人种入那迷失

而无法种植的幽魂。

裂变的两半结伴为一个瘸子，

拐杖之精髓轻叩他们的睡眠，

在海的街头[1]一瘸一拐，深藏

一群潮舌般涌动的头颅和膀胱间

撑起野墓中沉睡的入眠者

吸血鬼在此发笑。

拼缝的两半分离，当他俩掠过，

野猪林以及林中的树液，

拥吻氰化物，吮吸着黑暗，

头上散开那蝮蛇般的发辫；

旋转的两半吹响号角

操演[2]主天使。

荣耀是何种颜色？还有死亡的羽毛？

---

1 原文"street of sea"（海的街头）及隔行的"野墓"，都指"子宫"。
2 原文"drill"，语义双关"操演"与"钻孔"。

颤抖的两半穿过空中的针眼,

透过顶针刺痛指渍斑斑的天堂。

草垛中失语的幽魂结结巴巴,

幽魂在飞翔之中孵化浩劫,

追踪云丝的双眼失明。

2

我的世界是金字塔[1]。哑剧演员身着木乃服

在沙漠的赭石上哭泣,

盐切割着夏天。

埃及的盔甲扣紧尸布,

我刮食树脂,迈向星光般的骨骼,

迈向血色的幻日。

我的世界是翠柏[2],一处英伦山谷。

我刺穿肉体,在院落里嘎吱作响,

---

[1] 此节中出现的金字塔等埃及意象代表"来生""死亡"与"重生"。

[2] 三角形的"翠柏",似乎与"金字塔"形成对等,常用于丧事,但长青的翠柏是"新生命"的象征,柏木是常用来制造"方舟"的材料。

血淋淋走过奥地利的枪林弹雨[1]。

我穿过死者的鼓声,听到布满枪眼的小伙

在累累尸骨上抛撒他们的身躯,

对着枪口呼喊我的上帝[2]。

我的坟地为交汇的约旦河所浇灌。

北极野兔,南部的盆地,

在我的灵堂花园嘀嘀嗒嗒。

谁向内陆寻访我,在我的口中

标识亚洲的稻草,谁又会遗弃我

尤其当我转过大西洋的玉米。

做伴的两半,缠结在躯壳里,

随汹涌的海潮回旋而分离,

勇敢对抗未诞生的恶魔,

我燃烧的叉腿在出血,脚跟发臭。

当我系上天使的头巾滑行,

天堂之舌说个不停。

谁吹动死亡的羽毛?何种荣耀色泽斑斓?

---

1 此行指1934年2月代表工人阶级利益的奥地利社会民主工人党流血事件。
2 原文"Eloi",闪族语,意为"上帝"。

我吹动脉管里血红的羽毛,
耻骨是依然苍白的荣光。
我的黏土未成形,盐尚未诞生,
我在海上漂泊,隐匿的孩子
在半裹的大腿上干枯。

一切的一切[1]

1

一切的一切，干枯的世界凭杠杆[2]

撬动冰舞台，那固体的海洋，

撬动油中的一切，成磅的熔岩[3]。

春之城，大自然支配的花朵[4]，

转入地球，转动灰烬小镇

绕着一圈火轮[5]左右翻飞。

---

1 写于1934年5—7月间，收录于诗集《诗十八首》。此诗主题：荒原的旱情随着社会革命的到来终得缓解，干旱的子宫也为情欲的到来而泛滥。
2 原文"lever"，既可作名词理解为"杠杆"，也可作动词理解为"用杠杆撬动"一切的一切，包括"冰舞台，那固体的海洋"。
3 原文"pound of lava"（成磅的熔岩），仿自莎士比亚剧本《威尼斯商人》中的妙语"pound of flesh"（一磅肉），现引申为"合法而不合理的要求"。
4 "花朵"指向"革命之花"像地下的火山一样爆发。
5 原文"a wheel of fire"（一圈火轮），典出莎士比亚剧本《李尔王》第四幕第六场："I am bound upon a wheel of fire, that mine own tears do scald like molten lead."（我被绑上火轮，就连我自己的泪水都烫得像熔化的铅），据中世纪传说，"被绑上火轮"是下地狱之人将遭受的刑罚。

此刻我肉身怎样,裸身的家伙,
大海的乳房,植入腺体的未来,
头皮上的蠕虫,立桩,休耕。
一切的一切,情人的尸体,
流沫的骨髓,骨瘦如罪,
干枯世界凭杠杆撬动一切肉身。

2

莫怕操纵的世界,我的凡胎,
莫怕被压平,合成的血液,
更别怕金属肋骨下的心脏。
莫怕去踩踏,去籽的碾磨,
莫怕扳机和镰刀,新娘的刀锋,
更别怕情人间锤打的火石。

我的肉身男人,撕裂的颌骨,
此刻懂得肉身的锁闸和虎钳,
以及为镰目乌鸦预备的鸟笼。

哦,懂得我的身骨,链接的杠杆[1],
莫怕那枚转动出声音的螺杆,
莫怕那张为情人所驱动的脸。

3

一切的一切,干枯的世俗夫妻,
夫魂伴随妻魂,染病的人
伴随孕育无形之人的子宫。
一切均成形于胎膜与乳汁,
机械的肉身抚摸着我的身,
世界与人间的循环趋于一致。

人类的融合,花一样盛开,
哦,成对的花蕾光芒四射,
而肉身的幻影火焰般升腾。
原油的驱动,喷涌出大海,
窝穴与墓穴,黄铜似的血,
花一样盛开,一切的一切。

---

[1] 此处"我的身骨,链接的杠杆"(my bone, the jointed lever),更多的是从"情人间情欲"去理解,而非"社会变革的杠杆"。

我，以缤纷的意象[1]

1

我，以缤纷的意象，大踏步跨上两级[2]，
在人类的矿藏下，锻造[3]古铜色演说者
将我的灵魂铸入金属[4]，
赶紧[5]踏上这片双重世界的天平[6]
我半身灵魂披盔挂甲，在死亡的走廊[7]，
悄悄紧随铁人而行。

---

1 写于1934年10月—1935年3月间，1935年8—9月发表于《新诗》，收录于诗集《诗二十五首》(1936)。一首通过成长、磨难、死亡、重生追求自我的诗篇，沿袭《时光，像一座奔跑的坟墓》一诗框架性意象"死尸"驱动的叙事风格。
2 "两级"(two levels)，指灵与肉的二重世界。
3 原文"forge"为"锻造"与"伪造"的双关语。
4 原文"metal"(金属)谐音双关"mettle"(勇气,气概)。
5 原文"on the double"为"赶紧"与"双重世界"的双关语。
6 原文"scales"为"天平"与"鳞片"的双关语,其中"天平"出自古埃及人的信仰,参见《假如我被爱的抚摸撩得心醉》一诗中"死亡的羽毛"的注释。
7 "在死亡的走廊"(in death's corridor)，即生命。

始于花茎的毁灭,春天一散而开,
明亮如旋转的纺车,季节的疼痛
波及花瓣的世界;
她串起树液和针叶,血液和泡沫
撒向松树之根,仿佛山峦托起人类
离开裸露的地幔。

始于灵魂的毁灭,奇迹弹起又跃回,
意象叠着意象,我金属的幻影
强行穿越蓝铃花,
树叶[1]和青铜树根[2]的人类,生生灭灭,
我在玫瑰和雄性动能的融合下,
创造这双重的奇迹。

此乃一个男子的命运:自然的险境,
高空作业的尖塔,骨围栏不见人影,
不见更自然的死亡;
于是,无影男子或公牛和描绘的恶魔,
在一阵沉默中施行可恶的死亡:
自然的对应。

---

1 原文"leaves"为"树叶"和"纸页"的双关语。
2 "青铜树根"(bronze root),狄兰·托马斯笔下一种植物与金属的有机融合体,下一行则为雌雄同体。

我的意象追踪树和树液倾斜的隧道，
没有更危险的行走，青色台阶和尖塔
登上人类的脚步。
我伴着荨麻树上笨拙的树虫，
玻璃房内葡萄苗圃伴着蜗牛和花朵，
倾听气候的降临。

末日时节缤纷的男子，患病的对手[1]，
顺时针驶离象征的港口去远航，
发现最终的水域，
在肺病患者的露台，再次道声再见，
出发的冒险开始扬帆启航，
朝着海风吹刮的终点。

2

他们攀登乡间山顶，
十二级狂风刮过牧场白色的牧群，
刮向山谷围栏下骑马看护的草地；

---

[1] 原文"the invalid rivals"为形容词"患病的"或名词"病人"的双关语修饰"rival"（对手）。

他们看着松鼠躲闪,
疾走蜗牛绕着花朵爬得晕头转向,
天气和树林刮起旋风吵个不休。

当他们入水,尘埃落定,
死尸铺开了路,落灰厚厚地堆积,
在辽阔的海域水道,海豹和鲭鱼
铺开长长的海上干线,
转动一张汽油[1]脸无视敌人
在海峡之壁掀动无主乘骑的尸体。

(死亡也是工具,
裂开狭长的眼睛,螺旋上升的总管,
你拔钻形的坟墓聚集于肚脐和乳头,
借着面具和乙醚
他们在鼻孔内颈制造血腥
手术的刀盘,防腐的葬礼;

派出你黑色的巡逻队,
庞大的官员和衰败的军队,
教堂的哨兵守卫在蓟丛,

---

[1] 原文"petrol"(汽油)谐音"petrel"(海燕),构成双关。

粪堆上的一只公鸡

向拉撒路[1]啼鸣,晨曦是虚空,

尘土必是你魔幻土地上的救世主[2]。)

当他们沉溺,丧钟回荡

潜水者悦耳的钟声随塔尖浪花四溅

鸣响了死海的鳞片[3];

水波轻轻地拍击,海神摇曳而来,

淡黄鲸藻缠绕,他们在刽子手的木筏,

听到咸玻璃的浪花和葬礼的表达。

(侧转大海之轴,

转动不平的大地,闪电般的唱针

令这音色在月光摇曳的台面眼花缭乱,

任蜡制的唱片说不尽

---

1 拉撒路(Lazarus),《圣经·新约·约翰福音》中住在伯大尼的病人,病危时没等到耶稣的救治就死了;四天后耶稣来到此处令其复活。
2 "晨曦是虚空,/尘土必是你魔幻土地上的救世主"(the morning is vanity, / Dust be your saviour under the conjured soil),典出《圣经·旧约·传道书》12:7-8:"尘土必仍归于地,灵必仍归于赐灵的上帝。传道者说:'虚空的虚空,凡事都是虚空'"。
3 原文"Dead Sea scale"(死海的鳞片)谐音双关"Dead C scale"(为逝者所写的 C 音阶)。

羞愧、潮湿的耻辱和废墟的刮擦声。
此乃你岁月的留声机。环行的世界默立。）

3

他们忍受不灭的海水及啃咬的海龟，
抵达屹立大海的灯塔，纤维任意缩放，
肉感的颅骨飞翔，
针箍分级的细胞；
他们忍受我混乱世界，双重的天使
像阿伦[1]之树，从石制的储物柜萌发。

被你的灵魂刺穿，他尖尖的金属箍，
黄铜和无形意象，一根花俏手杖
雅各的天使[2]立在星云，
烟雾山岗和瘾君子[3]山谷，
五寻高的哈姆雷特站上父亲的珊瑚，

---

1 "阿伦"（Aran），指的是爱尔兰西海岸之外的"阿伦岛"。
2 "雅各的天使"（Jacob's angel），典出《圣经·旧约·创世记》28:12："雅各梦见一个梯子立在地上，梯顶直达云天；看哪，一队队天使上上下下"。
3 原文"hophead"为"瘾君子"和"酒鬼"的双关语。

猛推拇指汤姆[1]幻影上了铁道几英里。

绿鳍残株旁,他们忍受幻影的冲击,
千帆之海冲断人类泊定的缆绳,
蒸烤骨头之旅下行
驶入失事的船骸;
恋人们,不再相拥,放弃海蜡的挣扎,
爱,像一片雾或一把火,穿越海鳗床。

大海及航海工具伸出一对螯,
疯狂地循环攻击,留痕于时间的锁口[2],
小镇大雨倾盆里唯有
我这伟大的热血之铁,
火辣辣在风中燃烧,没人更为神奇,
我从亚当的青色摇篮,抓出条鳄鱼。

人类是片片鱼鳞、搪瓷上的死鸟、
尾巴、尼罗河、口鼻、急冲冲的马鞍匠,

---

1 原文"拇指汤姆"(tom's thumb),有名的侏儒,也指早期的蒸汽机。
2 原文"nicked in the locks of time"(留痕于在时间的锁口)戏仿习语"locked in the nick of time"(锁定在时间的豁口)。

时光在永恒的屋内[1]

摇动大海孵化的头骨,

说起飞翔圣盘上的油脂和油膏,

每个空心人[2]为他的白外套[3]而哭泣。

人类戴上死尸[4]假面,披挂上斗篷,

御风的主子是腐烂发臭的英寻,

我的灵魂在金属的海王星

在人类的矿藏里锻造。

那是大海缤纷漩流中的初始之神,

我的意象咆哮,从天国的圣山升起。

---

1 "在永恒的屋内"(in the hourless houses),指的是埃及的金字塔及墓葬。
2 原文"hallowed"(神圣的),与"hollowed"(空心的)谐音双关,蕴含木乃伊的制作及神圣化的过程。
3 "白外套"(white apparel),指的是裹尸布。
4 原文"Cadaver"(死尸),拉丁语源解剖词汇,参见同时期《时光,像一座奔跑的坟墓》一诗。

这块我擘开的饼 [1]

这块我擘开的饼原是燕麦,

这杯酒原是一棵异国果树 [2] 上

畅游 [3] 的果汁;

白天的人或夜晚的风,

收割庄稼,摧毁葡萄的欢乐 [4]。

这酒中夏日里的血 [5]

---

[1] 写于1933年12月24日,1936年发表于《新英格兰周刊》(*New English Weekly*),收录于诗集《诗二十五首》。原手稿题为"临刑前的早餐"(*Breakfast Before Execution*),末句为"你擘开神的饼,你喝干他的杯"(God's bread you break, you drain His cup)。圣餐上的"饼与杯"典出《马太福音》(26:26-29)《马可福音》(14:22-26)《路加福音》(22:15-20)和《哥林多前书》(11:23-25)。详见笔者的著作《狄兰·托马斯诗歌批评本》。
[2] "异国果树"(a foreign tree),指葡萄树,也指十字架,天主教圣礼上的一种象征符号。
[3] 原文"plunged",兼具"跳水"与"插入"的语义双关。
[4] 原文"the grape's joy"(葡萄的欢乐),典出英国诗人济慈(John Keats,1795—1821)的名诗《忧郁颂》。
[5] 原文"the summer blood"(夏日里的血),指圣餐里的"酒",基督的"血"。

曾经叩动[1]装饰藤蔓的果肉，

这饼里的燕麦

曾经在风中摇曳；

人击毁了太阳[2]，摧垮了风[3]。

你[4]擘开的肉质，你放流的血

在脉管里忧伤，

燕麦和葡萄

曾是天生肉感的根茎和液汁；

你畅饮我的酒，你擘开我的饼。

---

1 原文"knocked"（叩动），蕴含性内涵，参见《时光，像一座奔跑的坟墓》一诗中的注释。
2 原文"sun"（太阳），谐音"Son"（圣子），语义双关，"人击毁了太阳"，指向"在十字架上钉死耶稣基督"。
3 "风"不仅指自然的风，也是圣礼的气息；"风"既是创造者、毁灭者，也是毁灭的受害者。
4 "你"不仅指读者，也指死亡，带入一种普遍性的生死进程中。

魔鬼化身 [1]

魔鬼化身为一条会说话的蛇,
他的花园伸展亚西亚中部的平原,
在时光成形时,蛰醒循环的周期,
在原罪成形之际,分叉蓄胡的苹果 [2],
上帝,动了手脚的 [3] 守护人,打那走过,
从天国圣山漫不经心地贬下他的宽恕。

当我们陌生地面对牵引的大海,
一颗手工月在云中略显圣洁,
智者告诉我花园里的众神

---

1 写于1933年5月16日,1935年8月11日经缩减以《周日之诗》为题发表于《周日推荐》,收录于诗集《诗二十五首》。诗题《魔鬼化身》既指向毁灭的撒旦,也指向救赎的耶稣,表达基督教神格一位论派思想。
2 伊甸园"蓄胡的苹果"(the bearded apple)更具性的诱惑,出自比利时超现实主义画家雷内·马格利特(Rene Magritte,1898—1967)的画。
3 原文"fiddling"(动了手脚的),指上帝操纵魔鬼撒旦毁了伊甸园,与末句中的"fiddled"构成双关语,指一条蛇在时光里"浪迹,无所事事"。

一株东方之树[1]结出孪生的善恶；
当月亮驾驭狂风升腾
野兽般黑暗，苍白甚过十字架。

我们在伊甸园识别隐秘的看守，
在大地非凡无比的早晨，
圣水无法冻结一丝寒霜；
在硫黄号角吹开神话的地狱，
在太阳整座天国的子夜时分，
一条蛇浪迹在成形的时光。

---

[1] 原文"an eastern tree"（一株东方之树），指能辨善恶的智慧树，"eastern"（东方的）谐音"Easter"（复活节），构成双关语。

今天,这条虫[1]

今天,这条虫,与我呼吸的世界,
既然我的象征向外拓展了空间,
拓展都市所见的时光,可爱
愚笨的中途时光,我推动这判决[2],
我的信仰和故事分裂了意义,
摔下断头台,猩红的头和尾
双双见证伊甸园里这场谋杀
和一抹绿色的创世。

这条虫必然是寓言的瘟疫。

这个故事的怪胎长有蛇的胎膜,
瞎扭成一团,逃离燃烧的外壳,
在花园的墙头丈量自身的长度,
最终在惊醒的太初里破壳而出;

---

1 最初写于1930年12月18日,1935—1936年间重写,收录于诗集《诗二十五首》。诗题《今天,这条虫》中的"insect"古词义为"蛇",主题介于宗教信仰与虚构故事间的诗性思索。
2 原文"sentence"为"句子"和"判决"的双关语。

一条鳄鱼即刻孵化,

翔飞的心骨即刻脱离了爱,

子孙的碎片像安息日的毛驴飞翔,

无畏地吹响伊甸园的耶利哥[1]。

这条虫的寓言必然是诺言。

死亡:哈姆雷特之死,噩梦似的疯子,

一辆被空气吹动的木马风车[2],

约翰[3]笔下的野兽,约伯[4]的耐心,幻影的谎言,

爱尔兰海的希腊语[5],一种永恒的声音:

"亚当,我的爱人,我狂热的爱绵绵不息,

露馅的情人绝无必然的结局,

一树的故事虚构所有传奇的恋人,

寓言的幕后藏匿十字型的传说。"

---

1 "耶里哥"(Jericho),典出《圣经·旧约·约书亚记》6:20 吹响号角攻取耶利哥的故事。
2 "一辆被空气吹动的木马风车"(An air-drawn windmill),典出《堂吉诃德》(*Don Quixote*)和《麦克白》(*Macbeth*)。
3 "约翰"(John),《圣经》中有四个约翰,此处指写《新约·启示录》12:3 的圣·约翰。
4 "约伯"(Job),《圣经·旧约·约伯记》中的人物。
5 "爱尔兰海的希腊语"(Greek in the Irish sea),指爱尔兰作家詹姆斯·乔伊斯运用希腊神话创作《尤利西斯》,化用自"all Greek to me"(一窍不通)。

零时种子 [1]

零时种子 [2] 将不会突袭

那座幽灵城,遭践踏的子宫

耸起她的壁垒应对他的叩击,

英雄之神绝不会坍塌

像城里的一座塔 [3]

默然又庄严地绊倒在

战事正酣的防线。

零时种子将不会突袭

那座幽灵城,饱经战事的子宫

耸起她的壁垒应对他的叩击,

英雄之神绝不会坍塌

像城中的一座塔

---

1 写于 1933 年 8 月 29 日,1936 年 3 月重写,9 月收录于诗集《诗二十五首》。一首泛神论的牧歌彻底变成一首"性战争"。
2 原文"seed-at-zero"(零时种子,零时精子),仿"zero-hour"(零时;行动开始时刻;关键时刻)。
3 原文"tower"(塔)与"town"(城),前者指男性,后者指女性。

默然而又庄严地越过
孕育战事的防线。

越过天空的壁垒
侧翼星状种子终将被解了谜,
甘露赐给饥肠辘辘的大地,
胎动波及千疮百孔的大海;
安居在处女的要塞[1],
他将扭打守卫
和手执钥匙的看守。

越过天空的壁垒
侧翼星状种子将被解了谜,
甘露赐给看守的大地,
胎动波及处女海;
安居在千疮百孔的要塞,
他将扭打守卫
和丢失钥匙的失主。

卑微的村庄辛勤地劳作
大陆会不予认可?

---
1 "处女的要塞"(a virgin stronghold),指的是"子宫"。

整个半球也许会对他责骂

一英寸绿地[1]将是他的孕育者；

让英雄的种子找到港湾，

海港傍着沉醉的海岸

让那些饥渴的水手藏匿他。

卑微的行星辛勤地劳作

大陆会不予认可吗？

绿色的村庄也许会对他责骂

高位的孕球将是他的孕育者；

让英雄的种子找到港湾，

海港傍着饥渴的海岸

让喝醉了酒的水手藏匿他。

播种的人，零时播种的人，

来自外层空间的域地，

携侧翼星状军团

将不会雷轰城池，

他王国的炮火也不会

将明日的英雄

轰上摩天的高位。

---

1 原文 "a green inch"（一英寸绿地），指的是子宫。

播种的人,零时播种的人,

来自侧翼星状空间的域地,

携背负沙袋的军团

雷轰异域的城池,

他王国的炮火也不会

将明日的英雄

轰出摸索墓穴之位。

都说众神将捶击云层[1]

都说众神将捶击云层,

当云彩遭受雷电的诅咒,

当天气怒吼,众神在抽泣?

彩虹将是他们锦袍的色彩?

当天空下雨,众神在哪里?

都说他们将从花园的水罐里

喷洒出水雾,或让洪水奔流?

都说,像维纳斯一样

垂暮女神捏着扎着自己的瘪乳,

湿淋淋的夜晚像位护士训斥我?

都说众神是石子。

一块陨石将擂响大地,

---

[1] 写于1933年7月17日,后经修订收录于诗集《诗二十五首》。一首大自然现象经神话渲染的诗篇。

乐音砂石般飞扬？让石子说话

鼓动口舌演讲众多的语言[1]。

---

[1] 此句中的"tongues",为"舌头"与"语言"的双关语。

在此春天 [1]

在此春天，星星飘浮在天际；
在此乔装的冬季 [2]，
骤降 [3] 赤裸的天气；
这个夏天掩埋一只春鸟。

象征选自岁月的符号
缓缓地环绕四季的海岸，
秋天讲授三季的篝火
和四只飞鸟的音符。

我该从树木中分辨夏季，
蠕虫，如果能分辨冬的风暴
或太阳的葬礼；
布谷声声，我该感知春意，
而蛞蝓则教会我毁灭。

---

[1] 写于1933年7月9日，后略做修订收录于诗集《诗二十五首》，又一首描写季节生长与毁灭的进程诗。
[2] "乔装的冬季"（ornamental winter），冬天的飞雪、暴风雪往往具有装饰的效果。
[3] 原文"Down pelts"为"骤降"与"剥皮"的双关语。

蠕虫比时钟更能预报夏季，
蛞蝓是时光的活日历；
如果永恒的昆虫[1]说世界消逝，
那它又向我预示着什么？

1　原文"a timeless insect"（永恒的昆虫），典出古埃及圣甲虫（the Egyptian scarab），能达永恒，正如前文"worms"（蠕虫）、"slug"（蛞蝓）既代表毁灭、消逝，也蕴含重生、不朽的生机。

难道你不愿做我的父亲[1]

难道你不愿做我的父亲,高举的手臂
也不愿因我的高塔铸造她的宝石?
难道你不愿做我的母亲,像我一样,
情人屋也不堪忍受我的玷污?
难道你不愿做我的姊妹,勃起的罪孽
也不愿因我的塔楼背负你的罪恶?
难道你不愿做我的弟兄,随后爬行,
也不愿因夏日的风景爱慕我的窗口?

难道我不也是父亲,渐渐长高的男孩,
女子疼爱的男子和任性的偷窥者
紧盯着肉体和海湾的夏天?
难道我不也是姊妹,我的救世主?
难道我不就是你们,站在定向的海边
那儿的鸟儿和贝壳在我塔中絮语?
难道我不就是你,面对整洁的海岸线

---

[1] 写于1934年9月,1935年经修订发表于《苏格兰学人》(*Scottish Bookman*),收录于诗集《诗二十五首》。一首以"塔楼"象征诗人及其所用语言的诗篇。

不就是沙砾的屋顶，不仍是高大的泥瓦匠？

你就是这一切，她说着给我一个长吻，
你就是这一切，他说着洗劫孩子们的城池，
乞讨者亚伯拉罕站起来，为我而疯狂，
他们平凡而不失幽默，他们说自己属于我。
我就是提及的塔[1]，坍塌在永恒的一击，
摧毁我木制的[2]塔楼，惊恐地呆立，
因为干巴巴糊状的人父，
环绕大海的阴魂，从失事船只[3]冷冷地浮起。

身处毁灭的沙滩，难道你不愿做我的父亲？
你是姊妹们的种马，蔓生的海藻说，
盐吮吸着海堤和大地上心爱的人，
各自适当扮演绅士和淑女。
我仍然是逆向转动的地球上的爱舍，
在我屋檐下吹牛的泥瓦匠，祸哉？
爱的房舍和塔的坍塌，他们回答，
展露阴森森的食罪者[4]所有的秘密。

---

1 "塔"，典出《圣经·创世记》11:1-9 的"巴别塔"。
2 原文"wooden"，语义双关"木制的"和俚语"勃起的"。
3 原文"wrack"，语义双关"海藻"与"失事船只"。
4 "食罪者"（sin-eater），指"耶稣基督"，不惜身死替世人赎罪。

叹息中 [1]

叹息中流露出的点点滴滴,
可不是忧伤,因为在悲痛到来前,
我按捺住哀伤;灵魂在生长
遗忘又呼喊;
流露出的点点滴滴,尝起来真好;
一切都不会失望;
某种必然,终究会得到称颂,
假如爱得不够真,那便不是爱,
不断失败之后终成真。

一场弱小者熟知的战斗之后,
遗下的不止是死亡;
付出极度的痛苦或填平创伤,
他的痛太久太长,
无憾无悔地让一个女人等待
她的战士,沾了话语如溅,
溅出如此苦涩的血。

---

[1] 写于 1932 年 6—7 月,收录于诗集《诗二十五首》。主题涉及青春期的焦虑与对爱的失望。

假如那足以、足以减轻痛苦,

耗尽痛苦又颇感遗憾,

足以让我沐浴阳光下的幸福,

而睡眠让我入梦乡[1]

那么后续的一切又将何等幸福

假如暧昧足矣,甜蜜的谎言足矣,

空洞的言语就能承受所有的苦难

并治愈我的伤痛。

假如那已足矣,骨骼、血液和肌腱,

扭曲的大脑、匀称的腰身,

在狗碟之下搜寻食物,

人类就会治愈犬热[2]。

这就是我所能提供的一切:

面包屑、谷仓和套索。

---

1 以往的版本并无此行"And, sleeping, made me dream"(而睡眠让我入梦乡)。
2 原文"distemper"(犬热,犬瘟)与"dis-temper"(身体不适)形成双关。

布谷鸟月旧时光，攥紧[1]

布谷鸟月旧时光，攥紧[2]驱动的时光
在格拉摩根[3]山第四座瘦长的塔楼[4]下，
翠绿的花朵一路争相开放；
时间，化为塔楼的骑手，像位乡下人
身后跟着猎犬，跨过追猎道上的栅栏[5]，
驱使我的伙伴，我的孩子，打自下悬的南方。

乡村，你嬉戏在夏天，从十二月起池塘
傍着吊车，水塔傍着结籽的树林，

---

1 写于1935年，次年发表于《帆船》（*Caravel*），收录于诗集《诗二十五首》。主题是时光。"布谷鸟月"（the cuckoo's month），指四月，典出英国诗人斯宾塞（Edmund Spenser，1552—1599）《爱情小诗》里的诗句："初春快乐的布谷鸟，春天的信使（The merry Cuckow, messenger of Spring）"。
2 "攥紧"（hold hard）在第1句、第10句、第18句、第22句一再出现，传达出某种紧迫感。
3 "格拉摩根"（Glamorgan），诗人的家乡斯旺西所在的郡。
4 原文"folly"为"（乡间别墅）装饰性的塔楼"。
5 原文"vault"为"栅栏"与"墓穴"的双关语。

四月尚未滑行[1],而鸟儿早已飞翔;
我童话世界的乡间孩子,攥紧夏天的游戏,
绿林奄奄一息,仿佛小鹿陷于自身的踪迹,
这第一季越野障碍赛马的时节[2]。

此刻,英格兰的号角吹响有形的声音,
召唤你雪中的骑手,而弹起四弦的山丘[3]
激活了礁岩,回荡在海峡的上空;
篱笆、猎枪和围栏,随同巨石起伏,
仿佛春季钳紧而开裂,摔碎骨头的四月[4],
泼出瘦长形塔楼里的猎手和攥紧的希望。

四种马蹄声声的气象落在猩红的大地,
拖着一尾血迹偷偷接近孩子们的脸,
时间,化为骑手,跃自套上马具的山谷;

---

[1] 原文"lie this fifth month unskated","从十二月起"前数第五个月,所以译为"四月尚未滑行"。
[2] 原文"steeplechased season",指"越野障碍赛马的时节",一般从9月25日开始到第二年3月底止。
[3] "弹起四弦的山丘"(the four-stringed hill)指的是威尔士,与英格兰的"号角"相得益彰。
[4] 原文"摔碎骨头的四月"(bone breaking April),典出英国诗人艾略特(T. S. Eliot,1888—1965)《荒原》里的诗句:"四月是最残忍的月份"(April is the cruelest month)。

我乡间的宝贝,攥紧下落的鸟群,

一只鹰下扑,金色格拉摩根山挺直了身。

你嬉戏在夏天,春天愤然出逃。

是否有过这样的时光 [1]

是否有过这样的时光,儿童马戏团的
舞者随琴声起舞可暂缓心中的烦恼?
曾经有一段时光,他们对着书落泪,
时光却唆使蛆虫留下他们的踪迹。

苍穹的荧光下,他们身处险境。
此生最为安全的是未知的一切。
高空广告牌[2]下,失去臂膀的人
有双最干净的手,恰如无情的幽灵
唯独不受伤害,盲人的眼看得最真切。

---

1 写于1933年2月8日,1936年7月30日以《诗篇》为题发表于《新英格兰周刊》,收录于诗集《诗二十五首》。诗中的悖论——"失去臂膀的人/有双最干净的手","盲人的眼看得最真切"尽显青年诗人的才华。
2 "the skysigns"(高空广告牌)位于伦敦市中心热闹商圈皮卡迪利广场(Piccadilly Circus)。

此 刻 [1]

此刻

说不,

人,干枯的人,

干枯的情人

开采死礁的基石,吹动花开的锚 [2],

假如他在尘埃里 [3] 围绕中心跳跃,

傻子也会放弃持续的怒火。

此刻

说不,

先生说不,

向着是说死亡,

向着死亡说是,唯唯诺诺地回答,

假如他用药剂分解他的孩子,

手锯上的姐妹就会失去弟兄。

---

[1] 写于1935年初,收录于诗集《诗二十五首》。一首模仿《圣经》"一言创世"的小诗。
[2] 原文"the flowered anchor"(花开的锚),"花开"总联想湿润、生命与希望。
[3] 原文"in the dust"(在尘埃里),即为生死尘埃。

此刻

说不，

先生说不

赞成死者复苏，

影子似是而非，乌鸦落了地，

他平卧，耳朵一片废墟，

小公鸡的浪潮从火中升起。

此刻

说不，

星星随之陨落，

地球随之衰亡，

随之解决神秘的太阳，光的伴侣，

阳光在花瓣上跳跃，跨越了零[1]，

那骑手跌落在花丛。

此刻

说不，

无花果

代表火漆，

---

[1] 在诗人狄兰·托马斯笔下，"零"（nought）代表女性，"太阳"（sun）代表男性。

死亡长出毛茸茸的后跟,叩击树林里的幽灵,
我们将我变得神秘,如同空中的手臂,
成双成对的血脉、包皮和云彩[1]。

---

[1] 原文"the foreskin, and the cloud"(包皮和云彩),代表父亲与母亲。

为何东风凛冽 [1]

为何要等东风凛冽，南风送爽

风井[2]干涸枯竭

西风不再溺毙在风中[3]

才会知晓季风千百次地

吹落带壳的果实；

为何蚕丝柔软，石子伤人

那孩子一整天地询问，

为何夜雨和乳血可一并解渴，

他得到的却是一个黑沉沉的回答。

杰克寒霜[4]何时降临？孩子们问。

---

1 写于1933年7月1日，1936年经修订发表于《新英格兰周刊》，收录于诗集《诗二十五首》。诗歌主题探讨神秘宇宙的不可知性。
2 原文"windwell"（风井），指希腊神话中风神埃俄罗斯（Aeolus）的风洞。
3 威尔士处在英国西南信风带，大西洋从西南吹来温暖湿润的空气，所以"east chills and south wind cools / And west's no longer drowned / in winds"（东风凛冽，南风送爽／西风不再溺毙在风中）的内涵与中国有所不同。
4 "杰克寒霜"（Jack Frost），即为严寒，一种拟人化的说法。

他们的拳头可否攥紧彗星?
除非他们的尘埃,忽高忽低,
在自个的眼神里撒下绵绵的睡意,
黄昏挤满孩子们的幽灵,
白茫茫的回答才会响彻在屋顶。

万物皆可知:星星们的劝告
呼唤些许内涵,随风同行,
尽管那满天星斗散发疑虑
不息地绕着天空之塔旋转,
直到它们消散才依稀可闻。
我听出内涵,"满意"
仿佛摇响一只手铃穿过回廊,
"没有答案,"我知道
无法回答孩子们的呼求,
有关回声、寒霜之人以及
幽灵般的彗星,越过举起的拳头。

忧伤袭来前[1]

忧伤袭来前
她是我拥入怀中的一切，脂肪与花朵[2]，
或是，羊水击打的，刮自镰状荆棘的
地狱风与大海，
一根凝结的梗茎，搏击塔楼而上，
少男少女的玫瑰
或是，桅杆上的维纳斯，穿越划桨手碗形水域
迎着太阳启航；[3]

我的忧伤是谁，
一只蝶蛹平俯于烙铁之上，
铅灰花苞，为我的指人所扳动[4]，

---

1 写于1935年，同年发表于《节目》(*Programme*)，收录于诗集《诗二十五首》。此诗描写情人幽会及离别时的忧伤心境。诗题 *A Grief Ago*（《忧伤袭来前》）属一种偏离常态的搭配，详见笔者的著作《狄兰·托马斯诗歌批评本》。
2 原文"the fats and flower"（脂肪与花朵），指女性的身体与生殖器。
3 第一节诗用了一系列委婉语意象描写性行为及之后引发的忧伤。
4 原文"bud"（花苞），象征诱惑，参见《假如我被爱的抚摸撩得心醉》和《当初恋从狂热渐趋烦恼》中的"花蕾"。原文"fingerman"（指人），一个新造的词，拟人化地表达"手指"。

射穿叶片绽放,

她是缠绕在亚伦魔杖[1]上的

玫瑰,掷向瘟疫,

青蛙一身的水珠和触角

在一旁垒了窝。

她展身而卧,

像出埃及记[2]章节出了花园,

她的生殖环烙上百合的愤怒[3],

历经岁月拉扯

她一脉的传承,宽恕战争

旷野和沙地之上

指南针三角十二等分的天使之风

雕刻而逝。

1　原文"the rod the aaron"(亚伦魔杖),典出《圣经·旧约》,亚伦为摩西之兄,执掌权杖代为发声。在《出埃及记》中,其权杖在法老前能变蛇或伸杖于埃及江河之上引发蛙灾、蝗灾、瘟疫等。在《民数记》中,亚伦的权杖能发芽、开花、结果,是复活与重生的象征。此处隐含"阴茎"蛇一般变为"玫瑰花",掷下蛙胎之"灾"之意。
2　"出埃及记"(Exodus)典出《圣经·旧约》,此句结合《创世记》中被逐伊甸园的故事,以生老爱欲比拟被逐伊甸园般的忧伤心情。
3　3月25日,为基督教传统中的天使报喜日(Annunciation),常见天使报喜图上手捧"百合"的天使,向玛利亚报喜,预言耶稣基督的诞生;有一种白色百合(Annunciation lily),即命名为天使报喜百合。此处"百合的愤怒"(the lily's anger)应与生殖环的性行为相关。

那她是谁，

拥我入怀的她是谁？人海驱赶她前行，

驱逐父亲离开独裁的营地；

有形的洞窟

悠长的水声打造她所有的幼崽，

我拥有她，

手垒的乡村墓穴围起爱，

在天黑前升腾。

夜色逼近，

硝石之形跃上了她，时光与硝酸；

我明确地告诉她：在太阳鸡巴

点燃她的骨头前，

让她吸入死者，透过精子和形体

汲取他们的大海，

她就此双手合十，眼眸流露吉卜赛人的凝重，

握紧了手心[1]。

---

1 原文"gipsy eyes, / And close her fist"（吉卜赛人……/ 握紧了手心），吉卜赛人往往以算命人握紧手心的形象出现。

太阳侍从有多快[1]

太阳侍从有多快

（明日先生留意）

就能揭开时光谜底，橱柜[2]石，

（雾长有骨头

他吹响喇叭进入肉里）

掀开搁板，我所有的软骨穿起长袍

赤裸的卵直立[3]，

明日先生靠着海绵，

（伤口记录时光）

巨人的护士在一旁分割海盆，

（雾在小溪[4]旁，

吸收缝制的潮水[5]），

---

1 写于1935年5月，同年10月23日发表于《节目》，收录于诗集《诗二十五首》。此诗较晦涩，试图逃脱意义的构建，似乎在描写圣子受孕与诞生。
2 "橱柜"（cupboard），指代子宫。
3 "卵直立"（egg stand straight），指"诞生"。
4 原文"spring"，兼有"小溪"和"春天"的双关语。
5 "缝制的潮水"（the sewing tides），缝接大海与陆地。

告诉你和你,我的主人们,
明日的陌路人吹透了食物。

所有的神经服侍太阳,
光的仪式,
我从鼠骨处质询一只爪子,
长尾的石头
我用线圈和床单来诱捕,
让泥土发出尖叫,我的牙齿锋利,
毛茸茸的死尸缓缓而出。

主,我的水准有多快
(明日先生
在种子底部戳下两只水印),
就会升起一盏灯,
或激励一片云,
尸布下勃起[1]行走的中枢,
就会隐身于残骸

腿脚修长如同一棵棵树,

---

1 "尸布下勃起"(erect...in the shroud),兼具创造与毁灭的性意象。

这位密友先生[1],

先生和主人，他的眼前一片漆黑，

子宫长眼呐喊，

所有甜美地狱，聋如时光之耳，

猛吹一声喇叭响。

---

[1] "这位密友先生"（This inward sir），阴茎的委婉语。

耳朵在塔楼里听见 [1]

耳朵在塔楼里听见

手在门上抱怨,

眼睛在山墙上看见

挂锁上的手指。

我该打开门还是独自

逗留到死去的那一天

也不让白房子里的

陌生人的眼睛看见?

手,你握住[2]的是葡萄还是毒药[3]?

远在一片瘦弱的血肉之海

---

1 写于1933年7月17日,1934年以《我敢吗?》发表于《伦敦约翰周刊》(*John O'London's Weekly*),收录于诗集《诗二十五首》。此诗一方面从玄学派诗人约翰·多恩的小诗《没有人是一座孤岛》(*No Man is an Island Entire of Itself*)获取灵感,另一方面又坚持诗人写作秉持一种孤独的心态,"塔楼"(turret)即是孤独的诗人的象征。
2 全诗三处"hold"为双关语,兼具"握住"与"装载"之意。
3 原文"poison or grapes"(葡萄还是毒药),代表生还是死。

和骨岸环绕的

岛屿之外[1]，

陆地静卧在尘嚣之外，

丘陵淡出了意念。

没有鸟儿或飞鱼

惊扰这片海岛的宁静。

耳朵在岛上听见

风像一团火掠过，

眼睛在岛上看见

船只起锚驶离了港湾。

我该奔向船只

任风撩起我的发梢

还是逗留到死去的那一天

谢绝任何水手的到来？

船，你装载的是葡萄还是毒药？

手在门上抱怨，

船只起锚驶离了港湾，

---

[1] 原文"Beyond this island bound / By a thin sea of flesh / And a bone coast"（远在一片瘦弱的血肉之海 / 和骨岸环绕的 / 岛屿），化用自约翰·多恩的小诗《没有人是一座孤岛》。

雨敲打沙砾和石板。
我该放进那位陌生人，
我该迎接那位水手，
还是逗留到死去的那一天？

陌生人的手，船只的货舱，
你握住的是葡萄还是毒药？

培育光芒[1]

培育[2]光芒,别[3]遮住人形的月亮,

也别经受那刮不落骨头的风,

却剥去他全身十二层缠绕的骨髓;

主宰黑夜,别伺候雪人的大脑,

它将每一缕浓密的空气塑成

冰柱上引路的北极星。

春天窃窃私语,别压碎小鸡的蛋卵[4],

也别锤打无花果里的季节,

却将四季飘香的马场嫁接到你的乡村;

农夫在霜降之时大片地烧荒,

在红眼的果园旁播下雪的种子,

在草木生长的世纪播下你青春年华。

---

[1] 写于1934年2月23日,同年10月发表于《周日推荐》,后收录于诗集《诗二十五首》。诗歌主题承继上一部诗集"驱动生命万物"的主题。
[2] 原文"foster",语义双关"促进"与"养育"。
[3] 原文"nor",可理解前面省略"neither",颇有"也别"和"还别"的双重词义。
[4] "小(公)鸡的蛋卵"(cockerel's eggs),指代"男性创造力"的意象。

培育万物,别荒废苍蝇主人[1]的土地,
也别喂养猫头鹰种子,像迷人小妖萌发,
却要用你巫师的肋骨围拢心形的行星;
高高的主人先生唱出彩云般凡人之声,
应和伴唱的蠢人唱诗班,
从骨髓之尾采撷一曲毒草的乐音。

怯怯地翻越这络卷曲的毛发,
哦,大海涛声阵阵,不要悲伤,
当我带着右舷的微笑漂离一切世俗的情人;
你也别公鸡般自信地拧开多穗的轴轮,
当我的爱随着骨骼交错的漂流,
在弓箭射击的群鸟下全身赤裸。

谁赋予大海定形色彩的人
制作了我的陶人,洪水泛滥之时,
天国的方舟满载五彩缤纷的伴侣;
哦,谁在这无形的地图上光芒四射,

---

[1] "苍蝇主人"(fly-lord),指"别西卜"(Beelzebub),出自《圣经·新约·马太福音》10:25:"学生与先生一样,仆人和主人一样。也就罢了。人既骂家主是别西卜(鬼王),何况他的家人呢?"

此刻创造我的世界，就像我将你
循环的行走塑造出欢乐的人形。

那只签署文件的手[1]

那只签署文件的手[2]毁灭了一座城市；

五根至高无上的手指课征呼吸税，

死者的世界成倍扩大，国土又分成两半；

这五个王置一个王于死地。

那只强权的手伸向倾斜的臂膀[3]，

手指的关节因钙化而痉挛；

一枝鹅毛笔结束了一场谋杀，

结束了一次谈话。

那只签署条约的手孕育一场热病；

饥荒蔓延，蝗虫四起；

伟大是那只统治人类的手，

---

[1] 写于1933年8月17日，1935年发表于《新诗》，省去最后一节，收录于诗集《诗二十五首》。一首狄兰·托马斯不常见的政治诗。
[2] "手"（hand）及下一行的"手指"（fingers），一种权力的换喻。
[3] 原文"a sloping shoulder"（倾斜的臂膀）蕴含双关语"arms"，指向"手臂"与"武器"。

签下一个潦草的名字。

这五个王[1]清点死者,却不抚慰
结痂的伤口,也不轻抚额头;
一只手统治怜悯,一只手统治天国;
无泪可流,一双手。

---

1 原文"the five kings"(五个王),即掌权的五根手指。

一旦灯笼闪亮[1]

一旦灯笼闪亮,圣洁的脸
就陷入八角形的光辉,异乎寻常地
迅即枯萎,恋爱中的男孩
在失宠前总会再度打量。
黑暗里他们的血肉打造
隐秘的容颜,却让虚伪日子降临
褪色的口红从她的双唇脱落,
木乃伊尸布露出一只干瘪的乳房。

有人教会我用心来思考,
而心仿若大脑,无望地引领;
有人告诉我要用脉搏来思考。
但当脉搏加速,改变行动的步伐,
直至田野和屋顶拉齐一色水平线,
我快速移动,先生默然挑战时光,
他的胡须在埃及的风尘中飘摇。

---

[1] 写于 1934 年秋,1935 年发表于《新诗》,收录于诗集《诗二十五首》。主题关注尚待成熟的自我,就像"抛出的那枚球 / 始终尚未落地"。

多年来我一直听人诉说,
多年来理应见到些变化。

我在公园玩耍时抛出的那枚球
始终尚未落地[1]。

---

[1] 1935年在《新诗》上发表时结尾还有两行:看作月亮,它就悬在草坪上;/ 看作草坪,它就躺在月光下(Regard the moon, it hangs above the lawn; / Regards the lawn, it lies beneath the moon)。

我渴望远离[1]

我渴望远离
失效的谎言嘶嘶作响
以及持续恐惧的喊叫,
随白昼翻越山岗坠入深海,
古老的恐惧声愈演愈烈;
我渴望远离
不断重复地敬礼,
因为空中鬼影憧憧,
纸上幽灵般的回声不绝,
还有雷鸣般的呼喊和音符[2]。

我渴望远离,却又些许害怕,
尚未耗尽的生命,也许
会从地上燃烧的旧谎言中爆炸,
在空中噼啪作响,令我两眼昏花。

---

[1] 写于1933年,1935年发表于《新诗》,1936年经修改收录于诗集《诗二十五首》。一首讽刺社会谎言的政治诗。
[2] 原文"notes"为双关语,既指"音符",也指"注解"。

也非因夜晚久远的恐惧,

帽子要与头发分离[1],

听筒旁双唇噘起,

我就此跌倒在死亡之羽[2]。

如果是这样,我也不在乎死亡,

半是惯例,半是谎言。

---

1 原文"The parting of hat from hair"(帽子要与头发分离),一种表达"毛骨悚然"的手法。
2 "死亡之羽",参见《假如我被爱的抚摸撩得心醉》一诗中的注释。

"在骨头上寻肉"[1]

"在即将消亡的骨头上寻肉,

啜饮那对泌乳的巉岩,

美妙的骨髓和沉渣,

在女人的乳房变丑

四肢被撕裂之前,

别去惊动裹尸布,我的儿子,

但当女人冰冷如石,

就在旧衣衫上挂起一枝公羊的玫瑰[2]。

"反抗束缚一切的月亮,

和议会般的天空,

反抗邪恶之海的权术,

昼夜间的独裁,

和太阳的专制。

反抗血肉和肌骨,

---

[1] 写于1933年7月15日,1936年修订后发表于《目标》(*Purpose*),同年收录于诗集《诗二十五首》。一首父子间的对话体诗歌,"怒斥"时间的流逝与死亡。
[2] 原文"a ram rose"(一支公羊的玫瑰),象征采花贼的强奸。

血液的言词,狡猾的皮肤,
以及剿杀不尽的蝇虫[1]。"

"干渴已解除,饥饿已消失,
而我的心已碎裂;
我的脸在镜中憔悴,
我的双唇因亲吻而枯萎,
我的乳房干瘪。
快乐的女孩误认我为男人,
我让她躺下,告诉她罪孽,
在她的身旁放上一枝公羊的玫瑰。

"剿杀不尽的蝇虫,
绞杀不灭的人类,
反抗父亲的梦想,
出自红色的猪舍,
邪恶的魔鬼嚎叫而来。
我不能像白痴一样谋杀
季节和阳光,优雅和女孩,
我还不能扼杀美妙的苏醒。

---

1 原文"maggot",指的是"蝇虫"(fly larva)。

"黑夜依然服侍月亮,

天空颁发自己的法规,

大海以君王之声发言,

光明与黑暗绝非敌人

而是一体的伙伴。

'蜘蛛和鹩鹩的战争!

人类命运之争!

太阳的末日[1]!'

哦,在死亡收走你前,请收回这一切。"

---

1 "太阳的末日"(Doom on the sun),诗人在 1935 年写过的同名小说。

忧伤的时光贼子[1]

忧伤的时光贼子随风出海,

月亮牵引墓穴[2],阅尽海上的岁月[3],

痛苦的无赖偷去

大海分摊的信念[4],将时光吹落膝下,

老人们忘却哭喊,

时光斜倚潮头,风暴一次次狂啸,

呼唤海难漂泊者

在沉没的航道骑上大海的光芒,

老人们忘却悲伤,

---

[1] 写于1935年8月,更早的版本见他1933年8月的笔记本,1934年发表于《评论》(Comment),收录于诗集《诗二十五首》。诗题《忧伤的时光贼子》(Grief Thief of Time)及第二诗节出自他两年前《我的英雄裸露他的神经》中的诗句"一对悲伤的无赖贼子";贼子即时光,偷走一个人的青春期岁月,只留下忧伤的老年。
[2] 原文"the moon-drawn grave"(月亮牵引墓穴),实指"子宫"(womb),在诗人狄兰·托马斯笔下,常与"墓穴"(tomb)成一对互换词。
[3] 原文"the seafaring years"(海上的岁月),指一个人具有冒险精神的青春岁月,喻作海上的漂泊。
[4] 原文"the sea-halved faith"(大海分摊的信念),指的是"婚姻"。

剧烈地咳嗽，一旁盘旋的信天翁，

追溯青春的骨骼，

两眼苦涩，跌落在她安卧的床头，

她曾在一段故事里掀起波涛，

躺着与那贼子相爱到永远。

杰克[1]，我的父亲，放任面对时光的骗子，

此刻他的袖口闪烁着死亡，

多籽的袋囊装着抢来的泡沫，

潜入种马的坟墓，

击中歹徒穿越阉人的缝隙

释放双重囚禁的忧伤，

没有银亮的哨声追逐他，一周又一周，

逼上日子的峰顶，逼近死亡，

这些失窃的泡沫留有蛇的咬痕

和亡灵[2]的齿印，

没有第三只眼睛探究彩虹之性[3]

搭起人间两性的桥梁，

一切残存在墓穴的深渊

铸成我父辈贼子的模样。

---

1 "杰克"（Jack），是诗人父亲的昵称。
2 "亡灵"（the undead），兼具生与死双重的特性。
3 原文"a rainbow's sex"（彩虹之性），一种雌雄同体之性。

而死亡也一统不了天下 [1]

而死亡也一统不了天下。
赤裸的死者一定会
与风中的人西天的月融为一体 [2]；
他们的骨头被剔净，净骨又消逝，
臂肘和脚下一定会有星星；
纵然发了疯，他们一定会清醒，
纵然坠落沧海，他们一定会复起 [3]；
纵然情人会失去，爱却会长存；
而死亡也一统不了天下。

而死亡也一统不了天下。

---

1 写于1933年4月，5月18日经修订发表于《新英格兰周刊》，收录于诗集《诗二十五首》。诗题及三段诗节首尾带头韵的叠句"And death shall have no dominion"（而死亡也一统不了天下）典出《圣经·新约·罗马书》6:9后半句，指人若信仰基督，肉体虽死，但灵魂永生。此诗的生死主题跃然纸上。
2 此句描写"死者"复活前接受即将到来的最后审判，进行生死的转换。
3 原文"Though they sink through the sea, they shall rise again"（纵然坠落大海,他们一定会复起），典出《圣经·新约·罗马书》6:8-9前半句。

久卧在大海的旋涡下，
他们绝不会怯懦地[1]消逝；
即便在刑架上挣扎得筋疲力尽，
受缚于刑车，他们也绝不会碎裂；
信仰会在他们手中折断，
独角兽之恶也会刺穿他们；
纵然四分五裂，他们绝不会崩溃；
而死亡也一统不了天下。

而死亡也一统不了天下。
海鸥也许不再在耳边啼叫，
波涛也不再汹涌地拍打海岸；
花开花落处也许不再有花朵
迎着风雨[2]昂首挺立；
尽管他们发了疯，僵死如钉[3]，

---

1 原文"windily"是俚语，表示"怯懦地"，与上句的"windings"（旋涡）形成头韵与双关。
2 原文"blows of the rain"（迎着风雨），原是一种源自威尔士语的表达法，与上句"blew a flower"（花开花落）形成头韵。
3 原文"dead as nails"（僵死如钉），仿自习语"dead as a doornail"（彻底死了；直挺挺地死了）。

那些人的头颅却穿越雏菊崭露[1];

闯入太阳,直到太阳陨落[2],

而死亡也一统不了天下。

---

[1] 原文"hammer through daisies"(穿越雏菊崭露),反向仿自习语"pushing up the daisies"[(推上雏菊)入土;长眠地下]。
[2] 原文"break in the sun till the sun breaks down"(闯入太阳,直到太阳陨落),前后的"break"与此节第三行"break"(拍打)形成头韵。

那是我新入教的信徒[1]

那是我新入教的信徒,
白色血光里的孩子
跪在石钟下,
淹没在十二门徒[2]的大海
水钟的发条装置
呼唤绿色的白昼与黑夜。
我那雌雄同体的大海,
蜗牛身在上帝点燃的船舱,
那火焰焚毁蛀蚀的甲板,
知晓上帝可怕的欲望
在水与性[3]中攀爬的人
呼唤光的绿色之岩。

谁在这些迷宫里,
沿着潮线和鱼鳞的通道,

---

[1] 写于1936年4—6月,同年收录于诗集《诗二十五首》。一首融入教受洗与妊娠降生于一体的诗篇。
[2] 据《圣经》记载,主耶稣收有十二个门徒,和他一起传播福音,拯救人类的罪孽。
[3] 原文"water sex"(水与性)。

缠绕月光浮动的贝壳,

逃向夷为平城的风帆

翻卷起鱼窝和地狱,

却非坠入上帝绿色的神话[1]?

展现海盐的影像,

风景忧伤,圣油[2]之爱

映射人与鲸鱼

绿色的孩子像一只圣杯[3]

透过面纱和鱼鳍、火焰和线圈

看到画布小径上的时光。

上帝摄下我的空虚。

风中的镜头,侧射的灯光,

孩子们踏着水波而来

从儿童乐园和家里走来,

他们用手指与拇指说话,

说说戴着面具的无知男孩。

上帝的胶片及秘密

---

1 原文"green myths"(绿色神话),指"伊甸园"。
2 圣油(His oils),常为受洗的新入教者膏抹,坚定其对三位一体真神的信仰。
3 圣杯(grail),耶稣在最后晚餐上用过的葡萄酒杯,后用来盛接耶稣被钉十字架时流出的鲜血。在凯尔特神话中,寻找圣杯是一个神圣又伟大的主题。

顺时针扭动风景的卷片机
像湖形的圆球在旋转，
随后在潮水汹涌的屏幕
投射爱的意象，直到我的心骨
碎裂在惊涛骇浪的大海。

谁扼杀了我的历史？
燧石、钝镰刀和水刃弄残
一排岁月的篱笆，一瘸一拐。
"谁能任眼目的神谕
从你明天践踏的影子里
快速摄下无形的印迹？"
时光残酷地杀死我。
"时间不会谋杀你，"上帝说，
"绿色的虚无也别受到伤害；
谁能砍伐你不曾吮吸的心，
哦，绿色，不生，不灭？"
我看见时光将我谋杀。

薄暮下的祭坛[1]

1

薄暮下的祭坛[2],中途歇脚的客栈[3],
士绅[4]憋着怒火向着墓穴往下躺:

---

[1] 写于1934—1935年圣诞节之间,前7节发表于《今日文学与生活》(*Life and Letters Today*,1935),后3节发表于《当代诗歌与散文》(*Contemporary Poetry and Prose*,1936),全诗收录于诗集《诗二十五首》。此诗为狄兰·托马斯最晦涩的十节一组反向的准彼特拉克体十四行诗,原诗每一节诗前一部分由6行诗组成,后一部分由8行诗组成,而非常见的8行+6行的格式,每行11个音节,前6行大致上押链式韵:abc bac 或 abc abc,后八行大致上押交韵 dede dede,却非常见的抱韵,译诗韵式保留原韵,偶尔有所突破。前两首叙述耶稣基督的诞生(1)与婴儿期(2),随后回溯耶稣的前身(3)、圣殿里的追问(4)、斋戒(5)、讲道(6)、主祷文(7)、耶稣受难(8)、葬礼(9)、福音书(10)。
[2] "薄暮下的祭坛"(Altarwise by owl-light),耶稣基督面向十字架祭坛降生与死亡,继而形成某种基督教体系。
[3] "中途歇脚的客栈"(in the halfway-house),天堂与地狱之间是尘世,"子宫"(womb)与"墓穴"(tomb)之间的生死"客栈"。
[4] "士绅"(gentleman),指的是耶稣。

亚巴顿[1]成指甲倒刺，裂自亚当[2]，

腹股间有条狗在精灵间游荡，

尖嘴嗅出新闻，吃住在祭坛，

明日一声尖嚎，一口咬下风茄[3]。

士绅一身的伤痛，随之蒙上眼，

解开勃起的骨，随风刮到中途，

哪儿冒出来的老鸡巴，天堂蛋[4]，

孵化自单腿立在风口的救赎，

蹭着我的摇篮在不停地倾诉，

那个夜晚是庇护基督的时光，

我是漫长人世间的士绅，他说，

摩羯座与巨蟹座[5]分享我的床。

---

[1] "亚巴顿"（Abaddon），地狱里的魔王，代表死亡，典出《圣经·新约·启示录》9:11。
[2] "亚当"（Adam），在伊甸园里违拗上帝，犯了原罪，典出《圣经·旧约·创世记》3:17。
[3] "风茄"（mandrake），又译"曼德拉""情花"，其根人形，狗凭着嗅觉发现，拔出时发出一声尖叫，据称能催情，典出《圣经·旧约·创世记》30:14-16。
[4] "老鸡巴"（old cock），俚语中"cock"，指阴茎。"天堂蛋"（the heaven's egg），指的是圣灵，传说中的所谓上帝都是卵生的。
[5] "摩羯座与巨蟹座"（Capricorn and Cancer），前者即山羊座，代表色欲与出生；后者即癌，代表疾病与死亡。

2

死亡隐喻一切，一段历史之形；

足月吃奶的孩子迅速长大，

那只鹈鹕[1]循环传递出星相

却断了血脉，断了性的地带；

混沌国度迸发小火花的孩童

迅即点燃伸自摇篮的哨棒；

亚巴顿交叉平放一只骷髅，

主，你立在黑楼梯口的洞穴旁，

直立的亚当被擂响刀片和骨头，

子夜时分，雅各[2]升至星辰；

你们的头发[3]，空心人[4]随后说，

不过是羽毛的根须、荨麻的根，

刺穿地基上方一条人行道[5]，

头顶铁杉入气候多变的树林。

---

1 "鹈鹕"（pelican），据说鹈鹕缺少食物就喂自己的血给幼崽，此处象征耶稣的自我救赎。
2 "雅各"（Jacob），典出《圣经·旧约·创世记》28:12，梦见天梯。
3 "你们的头发"（hairs of your head），典出《圣经·新约·马太福音》10:30 "便是你们的头发，也已一根根都数过了"。
4 "空心人"（hollow agent），指的是圣灵。
5 原文 "pavement" 双关语，既是 "人行道"，也是耶稣被宣告有罪的 "石铺台"，典出《圣经·新约·约翰福音》19:13。

3

先有跪着的羔羊[1]，双膝直哆嗦

随后的三死季[2]，沿墓穴上爬

亚当的阉羊，圈在长角的羊群，

树尾一端的蠕虫骑上了夏娃，

骷髅脚和骷髅趾制成的号角

一路在石铺台花园时刻鸣响；

穹顶的豁口[3]，我拿出长柄骨勺

取自一脸皱褶送葬者的货车，

瑞普·凡·温克[4]出自永恒的摇啊摇，

我浸泡自己，没及胸下的骨骸；

旧岁的冬日时光，曳步翩翩，

---

1 "羔羊"，赎罪的"羔羊"指的是"耶稣"或诗人自己与第3行犯下原罪的"亚当"形成对比。
2 "三死季"（three dead seasons），指的是妊娠的三个时期。
3 原文"Rip of the vaults"（穹顶的豁口），在狄兰·托马斯笔下既是子宫的生门也是墓穴的死门，有意与隔行的"Rip Van Winkle"形成谐韵。
4 瑞普·凡·温克（Rip Van Winkle），美国作家华盛顿·欧文（Washington Irving，1783—1859）所写的一篇同名短篇小说中的主人公，在卡茨基儿山沉睡20年后醒来，发现世界全变了，却熟视无睹。

黑公羊[1]孤苦伶仃,活在羊圈里,

天梯回荡我们日渐风化的变迁,

对跖地[2]说,春天又再次响起。

4

这部字典厚度可达几公尺?

《创世记》大小?擦出小小性火花?

无形之影?法老的回声之形?

(我的岁月之形在伤心唠叨)。

哪六分之一风[3]吹灭燃烧的绅士?

(驼背的纸牌戏骨髓是个问题)。

啥样子竹人跻身于你的土地?

替佝偻男孩束紧尸骨的墓地?

在一团碎骨上扣紧你的胸衣,

我骆驼的眼随针刺过[4]那寿衣。

---

[1] "黑公羊",诗人自嘲为"亚当的黑公羊"。
[2] 对跖地(the antipodes)位于南北两极,所以春天各鸣响一次。
[3] "六分之一风"(sixth of wind),出自但丁《神曲·地狱篇》,撒旦不断扇动六翼,使得冥河之湖冻结。
[4] "我骆驼的眼随针刺过那寿衣"(My camel's eye will needle through the shroud)化用《圣经·新约·马太福音》19:24 中的"骆驼穿过针的眼"之典。

爱倒影般反射蘑菇般的容貌，

夜拍下那面包边田野的剧照，

一旦特写照在图片墙上微笑，

方舟之灯反射一场洪灾简报。

5

起风的西大荒[1]出了双枪加百列[2]，

从耶稣袖子里，捏造出[3]梅花 K，

J 饰以护鞘，红桃 Q 曳步舞起；

一身黑桃花色装[4]，假绅士开口，

黑嘴黑舌，一瓶救赎喝得微醉，

我的拜占庭式亚当在夜间勃起；

我失血过多，跌倒在以实玛利[5]平原，

1　"起风的西大荒"（the windy West），指的是"威尔士"。
2　加百列（Gabriel），《圣经》中替上帝向人间报喜的天使。
3　原文"trumped up"为"捏造"；"trump"为双关语，既是"出牌赢对方"，也是在世界的末日"鸣号示警"。
4　原文"suit"和"spade"均为双关语，前者既是服饰的"套装"，也是棋牌的"花色"；后者既是"黑桃花色"，也是挖掘工具"铁锹"。
5　以实玛利（Ishmael），典出《圣经·旧约·创世记》，亚伯拉罕和撒拉的使女夏甲所生之子，在以撒出生后与其母一起放逐；他在伊斯兰教中被认为是穆罕默德和阿拉伯人的祖先。

杀灭我的饥饿,在乳白色蘑菇下,

起自西亚的汹涌大海吞没我

约拿[1]的鲸鱼莫比[2],攥紧我的发;

交替抚摸咸亚当,带给冰雪天使

与黝黑美杜莎[3],腿钉在极地山岗,

废海岸边,白熊借圣母水褥草

引用维吉尔[4]和海妖塞壬[5]歌唱。

6

漫画般砍击潮水追踪的火山口,

他在一本水书里,两眼油光光

---

1 约拿(Jonah),《圣经》里的希伯来先知,他未去尼尼微传教,试图从海上逃离上帝,却被抛入大海,为一条大鱼吞噬,后侥幸逃生,得以完成了使命。
2 原文"Moby",即"*Moby Dick*",19世纪美国作家赫尔曼·梅尔维尔创作的长篇小说《白鲸》,音译《莫比·迪克》。
3 原文"medusa"为双关语,既指"水母",也指美杜莎(Medusa),古希腊神话中三位蛇发女怪之一,被其目光触及即化为石头。
4 极地"白熊"的素材取材于古罗马诗人维吉尔(Virgil)《牧歌》中的第十首,预言耶稣的诞生。
5 塞壬(sirens),古希腊神话中半人半鱼的女海妖,以美妙歌声诱使航海者驶向礁石或进入危险水域。

遭熔岩之光穿透牡蛎的元音[1],

燃起一灯芯言辞之海的寂默:

拨弄鸡巴,海眼,美杜莎的经文说,

剪去爱,叉状舌,荨麻被钉山里说;

爱拔出海妖塞壬刺人的眼睛,

哪来的老鸡巴剪掉诗人的舌

直到我从蜡烛里吹出了油脂[2]

午夜的脂肪,海盐还在唱歌;

亚当,时光小丑,纸牌的女巫

拼读出七海,某一邪恶指数,

海草女郎长有一副风笛的胸

从人蜡的伤口吹灭了血纱布。

7

此刻在一粒米上戳盖主祷词,

一叶《圣经》书写所有的森林[3]

---

1 "牡蛎的元音"(oyster vowels)包含"诗意的珍珠"。
2 第9行的"油脂"(tallow)与"第2行"的"两眼油光光"(tallow-eyed)呼应,是"精子"的委婉语表达,就像行中的"蜡烛"(wax's tower)委婉表达"阴茎"。
3 在威尔士语中,"树木,树林"包含着"写作、书写"之意。

脱至这棵树：字母表在摇滚，
《创世记》为根，稻草人为字，
以及树之书上一种光的言辞；
逆转风向的表述毁灭否定者。
时光曲调，圣女衔起音乐乳头，
长鳞的海妖，装入外露的海绵，
舔着亚当，在魔力下声音洪亮，
世界一开始，即时光、乳汁和魔法。
时光是圣女平添心碎的曲调，
从面包房，从光秃秃的凉亭
时光随人和云朵追踪形之声，
在玫瑰和冰柱，按响了手印。

8

这就是山上被钉的十字架，
醋泡的时光神经，绞架般低沉
涂上血，像我为之哭泣的明亮荆棘；
世界即我伤口，圣玛利亚的哀伤，
犹如三棵树[1]弯腰，鸟乳头般演化，

---

1 "三棵树"，指的是骷髅山上的十字架。

受伤的圣女用针串起那泪珠。
杰克[1]基督，每位诗人的天使
从天空钉进驱自天堂的钉子
直至三色彩虹从我乳头跃起，
从两极环绕蜗牛般觉醒的世界。
我[2]傍着贼树，一切荣光归医生
此刻解去情色，这骨骼，这山岗，
借着拨动时针，得以太阳见证
忍受我心跳的孩子都在天堂[3]。

9

从神谕的档案到羊皮纸手稿，
油印文字中的先知和光鲜的王，
闪光的书法家，勒夹板的女皇，
扣上绒布衣襟，泡碱的脚步声

---

1 原文"Jack"，指每个普通人。
2 "我"，融合基督、玛丽亚和托马斯一体。
3 此行化用自《圣经·新约·马太福音》19:14 耶稣说："让小孩子到我这里来，不要禁止他们；因为在天国的，正是这样的人。"

画上手套印,死者的开罗染料[1]
犹如在帽子和巨蟒上倾泻光环。
这就是沙漠深处里的复活,
因绷带死去,咆哮学者的面具
亚麻的精神和黄金的容颜
高大绅士嫁给复仇女神和尘土;
祭司和法老减缓我的创伤,
沙漠世界,立在三角的风景,
奥德赛之石化为灰烬和花环
逝者的冥河绕着我的脖子奔流[2]。

10

让故事里出海的基督徒船员
驶离假乳湾,中途靠上祭坛
我协调时光船,携福音全球漂:
带翼的海湾穿过大鹏鸟[3]的眼

---

1 "泡碱"(natron)和"染料"(henna)都是制作"木乃衣"所需的材料。
2 据埃及的习俗,死人的幽灵得渡过冥河抵达冥神奥西里斯之岛。
3 原文"rockbirds"(大鹏鸟),阿拉伯传说中的巨鸟(roc),出自《天方夜谭》。

发现吹落之辞，我在海上变幻
十二月的荆棘拧紧冬青树眉毛。
让门徒彼得在彩虹码头栏杆处
问问东方《圣经》袭来的大鱼[1]，
啥人饶舌[2]，在她泡沫蓝航道裸露，
播种翔飞的花园于大海幽灵处？
翠绿犹如初见，让花园俯冲
随两树皮塔[3]翱翔，那一天[4]来到
凭借着毒液的金吸管，蠕虫
筑起我粗野红林的怜悯之巢。

---

1 "鱼"（fish），代表基督徒、教会，初代教会常用"鱼"作为聚会的暗号。
2 原文"rhubarb"，一词多义，既是一种实用的植物"大黄"，又指演员们为制造人声嘈杂的效果所说"饶舌的"词语。
3 原文"two bark towers"（两树皮塔）指的是"伊甸园"里的两片树林。
4 "那一天"，指的是"最后审判日"。

因为快乐鸟嗯哨[1]

因为快乐鸟随热线嗯哨而过,
盲马是否会叫得更欢?
就近栖息的鸟兽遭受晚餐时
同一心境下的刀叉切割。
当岁月的舌尖吸嗅骤降的大雪[2]
像破碎的气泡不断叩击唾沫,
迷恋的人,眼神犹如两团火苗,
独自露营在鹅毛漫卷的大雪天,
在一阵食物和雪白药粉刺激神经下,
细品死木般的乱发一次次舔舐,
但当狂野的舌头摧毁它的墓穴,
他也无法回望松动的红色舌根。
因为在屁城[3]的某一故事里
那妻子被冻住,体液像大海凝固

---

[1] 写于1939年,同年发表于《二十世纪诗歌》(*Twentieth Century Verse*),收录于诗文集《爱的地图》(1939)。一首新年的回望诗。
[2] 原文"snow"(雪)也是"可卡因"的一种俚语。
[3] "屁城"(the bum city),指"伦敦",诗人心中厌倦的"索多玛"。

偷偷地在雕像里漂移，

蓦然想起热烘烘摇动的街道，

我是否不该回眸旧岁，

像受损的男孩画像，倾覆燃烧

在美术馆混乱的塔楼？

盐人[1]及荒凉之所

我提供虚构的肉食；

假如死者饿毙，他们的胃就会

掀翻反向直立的人，

或搅翻浪花四溅、暗礁丛生的大海：

越过往日的餐桌[2]，我重复这即时的恩典。

1　原文"That frozen wife...The salt person"（妻子被冻住……盐人），典出《圣经·旧约·创世记》19:26"罗得妻子回望索多玛变成盐柱"的故事。
2　原文"the past table"（往日的餐桌），指"过往的日子"。

我造成这争吵不休的疏离[1]

我造成这争吵不休的疏离

此刻,爱情季泊下我铁锚般的舌头,

旧石颈[2]的每一分钟滑过码头的基石,

此刻,赞美与祝福,喷泉和桅杆耸立她的骄傲,

扬帆出航,掌形的海洋眼花缭乱,

那一次豪迈的出航,树已枝繁叶茂,

驶过最后的苍穹和草木丛生的海堤,

而这间瘦弱的房室朝向骨髓撑立的天堂,

弃于杂草丛生的角落,苟延残喘,空洞无用的

鸦片脑袋[3],乌鸦般潜行,气喘吁吁,遭砍又被炸,

或像潮水般环结的胸花再一次系紧,

或一代代地租用缆绳捆紧的海膜,

---

1 最初以"献给凯特琳"为题写于 1937 年 7—11 月间,1938 年初经修改发表于《二十世纪诗歌》,1939 年收录于诗文集《爱的地图》。一首涉及爱情与婚姻"情感过往"的诗篇。
2 原文"stone-necked"(石颈),诗人创造的新词,应该与"stiff-necked"(硬着颈项的;坚定的)相关。
3 原文"Opium head"(鸦片脑袋),语义双关"呆如木鸡"与"吸毒者"。

而骄傲，最后像一个孤单的孩子
被磁性的风暴带往她瞎眼的母亲，
刮向无牙小镇她牛奶面包的公寓。

她傲然的疏离，为我带来
荨麻的清白和鸽子般的小小过失，
遭骚扰的礁石间，纯洁的贝壳，
开合有致的珍珠，渔姑的容颜
在海妖光顾的梯级洞穴里闪烁，
可耻橡树的少女[1]，预示
鲸鱼床榻上的公牛舞，狮群金色的鬃毛，
石头般傲然噘起，沙石般漫无边际。

这就是她的对手：一头野兽
迈开牧师沉重的步伐，伸出刺客的五手指
跟随她炽热地攀上火山灰筑巢的石柱，
声声呼唤饥肠如火的兽群，又被抛入寒冰，
迷失在柔软如树吞噬不尽的寂静，
迈开冷静而坚实的步伐，攀登冰雹袭击的山岗
坠落在交替轮回的夏天锁定的正午。

---

1 "可耻橡树的少女"（maiden in the shameful oak），上下两节可以看出狄兰·托马斯耿耿于怀妻子凯特琳曾遭人强暴的"过往"。

我用一块驴腮骨制成武器[1]，

走过死城争吵不休的沙滩，

用棍棒击打大气，毁灭东方，击落太阳，

搅动风暴袭击她猛跳的心脏，割断血脉，

绞杀扭动的躯体，并迫使她的眼帘垂闭。

毁灭，遭飞鸟叼拾，呼啸着窜过腮骨。

只因那场谋杀，黑暗蔓延开来

像滚滚而来的潮水，我漫向了废墟，

毁灭，谬误之所，是我骄傲的金字塔[2]，

一枚十字架落入重重的大海，

浪影叠现，沉入礁石的岩层；

裹着翡翠色亚麻布[3]和刺骨的寒风，

英雄的头颅碎裂为一个个传奇，

而爱的解剖者闪现，戴着太阳手套

捡拾钻石之上生机勃勃的心脏。

"他母亲的子宫长有舔食尘埃之舌，"

---

1 "我用一块驴腮骨制成武器"，典出《圣经·旧约·士师记》15:15 "参孙的故事"。
2 此处"金字塔"是"爱情的坟墓"。
3 "翡翠色亚麻布"（emerald linen），暗示古埃及"透特的翡翠石板"，其镌刻的文字《翠玉录》相传是西方炼金术的源头。

我着亚麻内衣,躺在明亮的锚地,
束发巾纶,轻叩双唇袒胸叫喊,
"一条蜥蜴吐着黑色毒舌,弓身突进,
迫他回首,叉开牙关紧闭的宫床,
和精子闭合的嘴,透出一丝白色气息。"
"看,"紧绷的面具鼓噪,"死者如何升天;
腹股沟无限纷乱的线圈缠结着人类。"

一度失明的眼睛呼吸一阵梦幻的景象,
木化石的根穿过那只枯槁的手,
像棵树冒着烟,颠摇燃烧之鸟;
溃败的兽群逃离花一样盛开的幽灵,
豁牙断尾,擂响蜘蛛网一样的鼓声,
恐怖的世界温柔得像一团傲然的宽恕,
我的弟兄亮出他的肌肤。

此刻,宁静的乡村安卧在云层宽阔的胸怀,
我的爱情之海从她高傲之处洋溢而来
她走着,脸上没有伤痕,没有电闪
和风吹拂发际般微微隆起的树林,
松软如雪的血一度凝结成冰。
虽然我的爱仍牵动乳头苍白的气息,
她的眼睛哺育明日的傲慢,
然而,我造就这宽恕仁慈的现状。

当我乡下人的五官都能看见 [1]

当我乡下人的五官[2]都能看见，
手指忘却精于园艺的绿拇指[3]
透过半月形的植物眼[4]，
一手[5]黄道十二星座和新星的外壳，
标记霜冻下的爱意如何遭修剪过冬，
低语的耳朵目送爱随鼓声远去，
沿着微风和贝壳飘向不规整的海滩，

---

1 初稿已遗失，修订于1937—1938年，发表于《诗刊》(Poetry，芝加哥)，收录于诗文集《爱的地图》。一首非典型的十四行诗，重塑手(触觉)、眼(视觉)、舌(味觉)、耳(听觉)和心(感知力)的五官感知力。
2 原文"five and country senses"(乡下人的五官)仿自莎士比亚句式"sweet and twenty"(二十丽姝)，《哈姆雷特》(3.3.123)里的双关语"country matters"(乡野趣事；国家大事)。
3 原文"green thumbs"(绿拇指)仿自谚语"have green fingers"(好园丁)。
4 原文"the halfmoon's vegetable eye"(半月形的植物眼)，"半月形"指孕妇肚子之形，肚脐为"眼"，"eye"(眼)又谐音"I"(我)，表达文艺复兴时期植物、动物和精神构成灵魂的观念。
5 原文"handfull"为形容词，作"全手的，一手的"解，毕竟算命之"手"借着"黄道十二官"，预测人的"命运"。

山猫般灵活的口舌抽动音节呼喊,
她所钟情的伤口苦苦地痊愈。
我的鼻孔察觉爱的呼吸灌木般爆燃。

我一颗高贵的心在爱的国度
留有见证,必将摸索着醒来;
当失眠的睡眠[1]降临到窥阴的感官,
心依然销魂荡魄,尽管五眼已毁。

---

1 "失眠的睡眠"(blind sleep),指的是死亡。

我们躺在海滩上[1]

我们躺在海滩上,眺望黄色

而凝重的大海,嘲弄嘲笑者,

嘲弄那些随红河而下的人,

蝉影下掏空所有的话语,

这片黄色而凝重的大海和沙滩

随风传出渴望色彩的呼唤,

墓穴般凝重,大海般欢畅[2],

顺手枕着入了梦乡。

月色宁静,潮水无声,

轻拍寂静的运河,干涸的潮闸

戏弄沙漠和洪水,

一色的沉静理当

治愈我们的水患;

沙滩上弥漫天堂般的乐音

---

1 写于1933年,1937年经修订发表于芝加哥《诗刊》,收录于诗文集《爱的地图》。此诗描绘威尔士南部高尔(Gower)半岛风景,以红黄两色引发语言通感为特征。
2 原文"grave and gay as grave and sea"(墓穴般凝重,大海般欢畅),头韵鲜明,前一个"grave"(凝重)为形容词,后一个"grave"(墓穴)为名词。

随急切的沙粒响起,隐匿

凝重而欢快的滨海上

金色的山峦和宅邸。

心系至高无上的地带,

我们躺下凝望黄沙,渴望风

刮走层层海滨,淹没赤色的礁岩;

然而情非所愿,我们

也无法阻挡礁石的到来,

躺下凝望黄沙,直到金色的气象突变

哦,撞击,我的心在流血[1],仿佛心,仿佛山峦。

---

1 "哦,撞击,我的心在流血"(Breaks, O my heart's blood),出自丁尼生的诗句"撞击,撞击大海啊,在冰凉灰色的岩石上迸溅!"(Break, break, break on thy cold gray stones, o sea!)。

是罪人的尘埃之舌鼓动起钟声 [1]

是罪人的尘埃之舌鼓动起钟声[2] 轻拍[3] 我走向教堂,
此刻带上火把和沙漏,像一位满身硫黄味的牧师,
他走兽般的脚跟在凉鞋里爆裂,
时光流痕,黑色的走廊只因燃尽烙下的灰烬,
忧伤伸出凌乱的双手,扯下祭坛上的幽灵[4],
而一阵风卷起火焰扑灭了烛光。

在唱诗班时段,我听到时间的诵唱:
时光珊瑚般的圣徒和咸涩的忧伤淹没污秽的坟墓,
一股旋涡推动着祈祷轮;
月落和出航的君王[5],苍白如潮水的流痕,

---

1 写于1936年11月,1937年发表于《二十世纪诗歌》,收录于诗文集《爱的地图》。一首庆贺撒旦的黑弥撒,显露诗人宗教观的改变,并夹杂着有关性、时光、死亡、创造与毁灭的忧伤。
2 原文"the sinners' dust-tongued bell"实指"丧钟"。
3 原文"clap",一词多义,指"轻拍""鼓掌""感染淋病"。
4 原文"the altar ghost"(祭坛上的幽灵),指附有圣灵的圣餐,随后描写圣周里的仪式。
5 "出航的君王"(sailing emperor),典出叶芝的名诗《驶向拜占庭》。

意外地死亡,听到从塔尖俯冲而下的报时钟声
透过大钟敲响大海的时光。

无声的火焰下方,一阵喧嚣一片黑暗,
烟火般的气候夹杂着风暴、飞雪和喷泉般的暴雨,
拔地而起的房屋教堂般宁静;
忧伤翻阅湿淋淋的圣书,烛光洗礼天使的时光,
伴随一阵翠绿而宁静的钟声[1],伴随风向标的节律
鸟儿在珊瑚丛发出声声祈祷。

在黑皮肤的夏天,孩子永远是那么洁白无瑕,
从石头的警报声中,从动植物的圣水器
攀缘幽灵蓝色的房墙;
身着彩衣的孩子驶出泄漏又空茫的冬天,
在巫师唤醒的蠕虫旁,斜披葬礼的披肩,
将沉默的塔楼摇得叮咚作响。

我说在晚钟萦绕的黄昏,一张兽性大床,
婚姻的小淘气从肥肥的身躯一侧
降生在波涛汹涌的圣所;

---

[1] "圣书,烛光……钟声"(bell, book and candle)典出天主教"逐出教会"的仪式。

所有爱的罪人身着盛装去跪拜生命主[1]的圣像,
豆蔻、麝猫香和海欧芹供奉染上瘟疫的[2]新郎新娘,
他们降生这顽童的忧伤。

---

1 原文"hyleg"(生命主),西方占星术中神圣三角之一。
2 最初发表的版本是"clapped"(染上淋病的),不是如今的"plagued"(染上瘟疫的)。

哦，为我制作一副面具[1]

哦，为我制作一副面具，砌起一面墙挡住你
那双珐琅质锐眼的窥探和戴眼镜的利爪
为所欲为地强奸我一张苗圃般的脸，
令人语塞的树木，挡开赤裸裸的敌手
挡开这篇祷告，刺刀般的口舌无从防备，
眼前这张嘴，喇叭一样鼓动甜蜜的谎言，
傻瓜的尊容塑造成古老的盔甲和橡木，
遮蔽闪光的大脑，钝化检查者，
泪痕斑斑的鳏夫，从眼睫垂落悲伤
遮住颠茄[2]，让哭干的眼睛察觉
旁人凭着裸嘴的弧线窃笑或
出卖他们哀悼自身失败的谎言。

---

[1] 写于1933年，1938年经修订发表于芝加哥《诗刊》，收录于诗文集《爱的地图》。一首蜜月期的情诗，探讨夫妻间的关系颇为开放。
[2] 原文"belladonna"（颠茄），一种有毒的欧洲植物，可用于制造"滴眼剂"。

塔尖鹤立 [1]

塔尖鹤立。一座鸟笼的雕像。
石砌的巢穴不让羽毛柔软的
石刻鸟群在咸砂上磨钝它们尖脆的嗓音,
刺穿水花四溅的天空 [2],俯冲的翅翼落向水草丛,
鹤爪浅涉浮沫。报时的钟声骗过监狱的尖塔,
像逃犯时而骤降一阵雨至神父,至流水 [3],
划动双手游泳的时刻,乐音飘向银白色的
水闸和河口。音符和羽毛一起跃自塔尖的钩口。
那些鹤翔的鸟群全由你挑选,跃回成型嗓音的
歌声,或随冬天飘向钟声,
却不随喑哑的风一路浪子 [4] 般漂泊。

1　写于1931年1月27日,1938年发表于芝加哥《诗刊》前做了较大的修订,收录于诗文集《爱的地图》。诗题中的"塔尖"(spire)象征诗人,以"鹤"(crane)为代表的"鸟群"指向诗篇,详见笔者的著作《狄兰·托马斯诗歌批评本》。原文"crane"(鹤;鹤立),兼具名词与动词。
2　原文"the spilt sky"(水花四溅的天空),指鸟群俯瞰水池,可见天空间塔尖的倒影。
3　原文"rains on that priest, water"(一阵雨至神父,至流水),典出英国诗人济慈的名诗《明亮的星》:"流动的海水神父般工作(The moving waters at their priestlike task)"。
4　原文"prodigal"(浪子),典出《圣经·新约·路加福音》15:11-32 一则"浪子回头"的故事。

葬礼之后[1]

（纪念安·琼斯）

葬礼之后，骡子般赞美，声声驴叫，

风扇动帆形的双耳，裹起的蹄子踢跶

踢跶欢快地轻叩一只木钉[2]进入

厚实的墓基[3]，眼帘垂下来，牙齿泛黑，

眼冒唾沫星，袖口拢起盐池塘，

早晨颇有几分铁锹惊醒睡梦之意，

惊动一个孤寂的男孩，在黑漆漆的棺材里

他割喉自尽，落泪如枯叶，

在房内与暴食的狐狸嗅着变味的羊齿草，

饱餐一顿泪盈盈的时光和紫蓟盛宴后，

破开一根白骨点亮尸布最后的审判[4]，

我独自站立，为了心中这份悼念，

---

[1] 写于1933年2月10日，诗人姨妈安·琼斯（Ann Jones）在羊齿山农庄去世，诗人写诗悼念。1938发表于《今日文学与生活》前做了较大修改，收录于诗文集《爱的地图》。一首典型的威尔士吟游诗人悼念亲人去世的诗篇。

[2] "一只木钉"（one peg），指代棺材。

[3] 原文"Grave's foot"（墓基），化自习语"one foot in the grave"（风烛残年；一脚踏进坟墓）。

[4] 原文"judgement"（审判）指向《圣经·新约·启示录》里最后的审判。

抽泣着守护死去的驼背安姨,

她兜着头巾的心泉一度跌入威尔士旷野

四周炎热的水坑,溺毙水中每一颗太阳

(尽管就她而言只是一个怪异的形象,赞美

过于盲目;她的死亡只是一滴寂静的水滴;

她并不希望我沉溺于她的善心

及其传闻所引发的圣潮;她愿默默地安息,

不必为她衰败的身子请德鲁伊特[1]到场)。

而我,安的吟游诗人[2],立于壁炉的高台之上,

呼唤所有的大海来颂扬,她缄默的美德

像一枚浮标铃在赞美诗上空喋喋不休,

压弯满墙的羊齿草和狐媚的树林

她爱的歌声在飘荡,穿越褐色的教堂,

四只穿梭的飞鸟祝福一颗俯服的灵魂。

她有牛奶般温润的肌肤,但她

面向天空的雕像,在湿淋淋的窗口,

扬起狂野的乳房和神圣高大的头颅,

一间深切哀悼的灵堂,一段佝偻的岁月。

我知道她有一双洁净的手,酸痛而谦卑

---

[1] "德鲁伊特"(druid),古代凯尔特文化信仰里的祭司。
[2] 原文"bard"(吟游诗人),凯尔特人中擅长创作和吟咏英雄业绩的诗人和歌手,虽然在中世纪末就已衰落,但威尔士依然保留这个传统,每年还举办大型的诗歌和音乐大赛。

敢于握紧她的信仰,她潮湿的话语
倾诉如旧,耗尽她的心智,
她死去的脸庞犹如握紧一轮疼痛的拳头;
安姨的石像可是一位年过七旬的老妇人。
这双浸透云雾的大理石手,这座纪念碑
表达出劈凿的声音、手势和赞美
在她的墓头永远地激励着我
直到暴食的狐狸撑得肺腑痉挛,呼喊着爱,
昂首阔步的羊齿草在黑色的窗台播下种子。

那话语的音色[1]

那话语的音色[2]

曾浸透我的书桌,更丑陋的山坡一侧,

一所校舍静静地坐落在不起眼的田野[3],

而一身黑白校服的少女们在嬉闹中成长;

我必须打开海浪般轻轻滑动的话语[4],

---

1 写于1938年,1939年发表于《威尔士》(*Wales*),收录于诗文集《爱的地图》。此诗呈现1938年的诗风变化,诗人告别他的"进程诗学",告别他上学时明亮多彩的生涯,转向主题更散漫忧郁的诗歌,但他早期"密集意象"的风格一直持续到1941年,多彩的"话语"风格显然一直持续到40—50年代。
2 "话语的音色"仿佛是打翻了的墨水瓶,"浸湿我的书桌"(soaked my table)。
3 原文"with a capsized field"(在不起眼的山野),"capsized"为双关语,既为"cap-sized"(帽子大小的,小小的),又为"倾覆的"山坡。
4 原文"the gentle seaslides of saying"(大海般轻轻滑动的话语),"seaslides"语义双关,既指"大海般滑动的",又指"海滨投影的幻灯片",也指海边或公园里的滑梯,均指向早期的诗歌。

所有迷人的溺水者[1]在公鸡报晓时起身残杀。

我吹着口哨随逃学的男孩穿过水库公园,
一起在夜间朝布谷鸟般的傻情人投掷石子
他们冻得搂紧松土和落叶的眠床,
树荫的色度[2]是他们浓淡深浅的言辞,
而闪闪的灯火为黑暗中的穷人闪亮;
此刻,我的话语必将开启我的毁灭,
像解开鱼线[3],我解开每一枚石子。

---

1 "溺水者"(drowned),典出《圣经·新约·启示录》20:13 中使徒约翰的话语及其包含的象征意义——接受最终的审判而走向新生,意谓"杀死"早期的诗体,激发一种新的诗篇。
2 此行两处"shade(s)"为双关语,既指"(树)荫",又指"色度"。
3 原文"reel"为双关语,既是渔夫在水库里钓鱼用的卷线,又与"real"(真实)谐音。

并非由此发怒[1]

并非由此发怒,遭拒的败兴
击中她的下身,跛脚的花
像一头垂首的野兽,舔起奇异洪潮
袭过一片受饥渴围困的土地,
她将接纳满腹的杂草,
承接我触碰的那双卷须般的手
拂过两片痛苦的海洋[2]。

一方天空在我脑后垂落,
循环的笑容在情人间飘摇,
而天空旋起一枚金球[3];
遭拒后发怒并非
仿佛水下敲响的钟声[4],
她的微笑将养育镜子后的那张嘴,
随着我的眼眸燃烧。

---

[1] 写于1933年,1938年经修订后发表于芝加哥《诗刊》,收录于诗文集《爱的地图》。一首描写"败兴"的情诗。
[2] 原文"two seas"(两片海洋)指向恋人的"乳房"。
[3] 原文"the golden ball"(金球),两枚半圆的笑容构成太阳般的"金球",心情十分的愉悦。
[4] "水下敲响的钟声"再次出现水下教堂的意象。

我的动物该如何[1]

我的动物[2]该如何

忍受这拼读迷墙[3]下的埋葬?

我追寻它神奇的形态,空洞的颅骨,

庞大的脉管和狂欢的外壳,

脸上的帽檐蒙着尸布般祈求的面纱,

它该暴跳如雷?

醉如葡萄架上的蜗牛,章鱼般舞动肢体,

与室外的天气

咆哮,爬行,争辩,

透彻的天空呈现自然的循环

拉下它奇异的眼帘。

我的动物该如何

---

[1] 最初的版本写于1930年,重写于1938年,同年10月发表于《准则》,1939年收录于诗集《爱的地图》。一首以"性"为主题的诗歌,基于威尔士戈维昂·巴赫(Gwion Bach)由变形动物重生为吟游诗人塔里埃森(Taliesin)的民间故事而显丰富。
[2] 原文"animal"(动物),拉丁源词根"anima"(灵魂)。
[3] 原文"the spelling wall"(拼读迷墙),与中古世纪德鲁伊特祭司看重独特的"拼读"魔法相关。

磁石般吸引着种马？午夜屈从的烈焰

熔化狮首[1]鬃毛和马蹄形心脏，

一片蛮荒之地，凉爽宜人的乡间时光，

偕伴侣一路欢声笑语，跑过干草地

相爱，劳作[2]，死在[3]

迅捷、甜蜜、残忍光芒下直至冰封大地萌动，

黑色奔涌的大海欣喜若狂，

胃肠翻江倒海，

蟹形的血管之爪从红色的颗粒中挤出

干渴而狂暴的声音。

人鱼般的渔夫

在浪尖上颠摇与唠叨，抛下迷人的弯钩，

上挂焦黄面包的诱饵，我牵动一卷活线

和线团里的耳舌，垂钓在神庙

兽池里一窝迷人卷发的兽骨，

探出一根触须

睁眼凝视伤痕累累、杂草丛生的盆地，

我的狂怒扣紧大地

1　原文"lionhead"（狮首）典出《圣经·新约·启示录》9:17："马头状若狮首，口喷烟火硫磺"。
2　原文"labour"，一词双关"劳作，（尤指）体力劳动；分娩"。
3　原文"kill"（杀死），此处为"（性）满足"。

拍得热血淋漓；
野兽绝非生来肩负寂寥的大海
或平衡号角之声的岁月。

一声长叹，冷冷的肉身，整理停当，
高高地抛起，晕落在溪石上；在霜寒地藏匿的剪子
噼啪穿过力量之灌木丛[1]，让柱石倒塌的爱坠落
伴着石鸟、圣贤和太阳，海草般尖尖的少女之嘴
落下，像一丛灌木展开火焰，咆哮的眼睛
剪短呼吸的姿态。
当飞翔的天空被修剪，猩红羽毛一撒而亡，
敲击地球旋转：
我的野兽，遭洗劫而干枯。
你挣脱黑色的兽穴，跃上嘶鸣的光线，
在我胸口挖掘你的坟墓。

---

[1] "力量之灌木丛"（the thicket of strength），化用自《圣经·旧约·士师记》16:17 "参孙的发络是他力量之源"。

墓碑在诉说[1]

墓碑在诉说她何时死去。
她的双姓让我默然止步。
一位处女在婚礼时长眠。
她在这大雨滂沱地成婚,
我也是那一天碰巧路过,
被母亲怀上[2]前就听说,
或从穿衣镜外面看到
雨水透过她冰冷的心诉说
阳光在她脸面惨遭杀戮。
沉重的碑石说不出更多。

她躺上陌生人的床之前,
用一只手穿过她的头发,
或雨水般叩击舌头穿越
邪恶的岁月和无辜的死亡

---

1 写于1933年,1938年冬经修订发表于《七》(Seven),收录于诗文集《爱的地图》。此诗叙述一个新娘的故事,体现"生死爱欲"的主题。
2 原文"in my mother's side"(被母亲怀上),指"进入母亲子宫"前。

返回一位孩子[1]的秘室，

后来我听许多人说起，

她裸露白皙的四肢呼喊，

鲜红的嘴唇被吻得发黑，

她痛苦地抽泣，一嘴苦相，

诉说，尽管眼神在微笑。

我在赶拍的一部片子里

看到死亡与发疯的女主角

一度相逢于凡间的肉壁[2]

听到她借助一只石鸟守卫

那张破损的鸟嘴诉说：

我会在就寝前死去

但我的子宫还在低嚎

我感到裸身在下坠

赤焰般刺目的头颅被毁

他可爱的毛发喷涌而出[3]。

---

1 原文"child"（孩子），指狄兰·托马斯自己或指新娘即将出世的孩子。
2 原文"a mortal wall"（凡间的肉壁），指的是"子宫"。
3 最后两行体现诗人"生死转换"的思想。

当词语停笔[1]

当词语停笔,此刻我已歉收三月[2]有余,
一身大皮囊和丰年血淋淋的饥腹
我苦苦责备自身的贫穷和技艺:

索取又奉献,回馈挨饿时的获取
吹肥成磅的吗哪,抵达天堂前穿越晨露,
口才动人的天赋重击盲井。

顺手牵羊[3]又放弃人的宝藏是愉悦的离世
它最终搜寻所有签注呼吸的货币
清算黑暗深处攫取并废弃的神秘。

此刻屈服是遭昂贵的恶魔[4]索赔两次。

---

1 写于1933年2月,1938年9月做过较大的修改,1939年发表于《威尔士》,收录于诗文集《爱的地图》。一首由四节三行诗构成的小诗,透泄诗人此刻的工作生活状态,三行诗的韵式(aab)较为特别。
2 "歉收三月"(three lean months),指诗人在1938年停止写作三个月。
3 原文"lift"为俚语:偷,顺手牵羊。
4 原文"the expensive ogre"(昂贵的恶魔),指"死亡"。

我热血滋养远古森林,猛然冲下[1]大海的果子
假如我喜欢焚毁或复归这个世界——世人的使命。

---

[1] 原文"dash down"为"猛然冲下"和"猛掷"的双关语。

一位圣徒即将降生[1]

一位圣徒即将降生

击毁天堂那污迹斑斑的平原[2]

直至他风筝般飘拂的披肩边，

海浪在最后的街道赞美

礁岩拍击不绝的歌声，

赞美交织的岸墙，

赞美父亲的沙中楼阁，

美妙的船只在轻抚的[3]钟声下消散，

数点血珠的时钟在一脸分针秒针后，

慢慢地咳出声响，

在羽毛最终旋转的土地上，天使般的埃特纳火山口[4]，

接踵而来的风，足以在火球的孔隙

诵唱他蜷缩的臣民，

---

[1] 写于1938年，1939年以"九月的诗篇"为题发表于《诗刊》(*Poetry*，伦敦)。一首诗献给即将诞生的孩子——大儿子卢埃林(Llewelyn)。
[2] 原文"flats"，语义双关"平原"与"公寓"。
[3] 原文"chucked"，语义双关"轻抚的"和"丢弃的"。
[4] "埃特纳火山"(Etna)，位于意大利西西里岛东部，在罗马神话中占有一席之地。

酒沫流溢的酒井旁，最后一座草垛之巅

饥饿的天堂在颂唱，

生者切开啐着醋沫的圣饼[1]，他所有

迷离的赞美和嫉妒之舌在火焰和躯壳里回荡。

荣耀像一只跳蚤噼啪作响。

神圣的蜡烛木阳光般的枝叶

淌着口水滴到一棵烧焦的树

枝头残留黑色的花蕾，

酷毙的鱼鳃船淌着血

一路颠簸，急促驶过大海

舱内满载水蛭和稻草，

天堂随他降生而坠落[2]，一只破钟[3]敲着残留的空气。

哦，醒来，我的体内，我的陋室，

在高声尖叫的海岸岔口的淤泥里，

告别生灵涂炭的城市一床痛苦的疑惑，

掠过熟悉的天空下

高飞的云层之底。

从开裂的房屋古怪的内室凝视

1　圣饼（Christbread），也叫"无酵饼"，用面粉和水调和烘烤而成，代表主耶稣的身体，葡萄酒代表他的血。
2　原文"Heaven fell with his fall"（天堂随他降生而坠落），"fall"语义双关"降生"与"坠落"。
3　原文"crocked bell"，语义双关"破钟"和"醉钟"。

你嘴里发酸的奶汁如潮

缓缓地淹没可爱的街道,看

地球的脑壳刮起一场大脑与头发的战争。

插入定时炸弹的小镇,

举起现场轰鸣的耳膜之橡,

向你的恐惧投掷一包石子

穿越黑暗避难所,

深藏于希律王的哀号[1]

随着刺刀挺进,

眼目已遭谋杀,

深藏的心被征服,痛苦另有一嘴嗷嗷待哺,

哦,睁眼看吧,一场高贵的降落后,

陈泥又将新孵,可怕的

不幸从手上抹布和前额上的海绵滴落

吸入的气息闪电般划过白油,

一个陌生人像熨斗进入。

欢呼女巫般的接生婆再次

威迫你轻柔地步入汹涌的大海,

轻轻地弹一下拇指,弹一下太阳,

你少女环绕的宁静岛屿成雷鸣般的斗牛场。

---

[1] "希律王的哀号"(herods wail),出自《圣经·新约·马太福音》2:16-18 "希律王屠杀男童"之典。

"如果我的头伤着一根毛发"[1]

"如果我的头伤着一根毛发
那就包起坠落的头骨。如果未启动呼吸阀
那就撞开喷嘴,让气泡一跃而出。
我的喉咙一落下蠕虫般的套索[2],就去
威吓裹着襁褓[3]患病的爱"。

"所有游戏规则适用你一轮斗鸡:
我将蒙上灯,彻底搜寻罗网般的树林,
啄食,奔跑,随喷泉舞蹈,躲闪时光,
在我急蹲之前,持锤的幽灵[4],空气,
击打光芒,血染哭闹的空间。"

"如果我皱皮猴般的降生太过残忍,

---

[1] 写于1939年2—3月间,4月发表于伦敦《诗刊》,同年收录于诗文集《爱的地图》。一首庆贺大儿子出生的诗作,以一位即将出生的孩子与母亲之间的对话展开。
[2] "蠕虫般的套索",指的是"脐带"。
[3] 原文"the clouted"为双关语,一指"裹着襁褓",二指"拍婴儿发出哭声"。
[4] 原文"the ghost with a hammer"(持锤的幽灵),是当年南威尔士知名拳击手的绰号。

那就愤然将我塞回诞生的内室[1]。我松开手
随你缝补幽深的产门。产床是一处交汇地。
如果我的旅程带来痛楚,那就把方向折成弧线
或以跛行无主的姿态,跃过九个消瘦的月份。"

"不。即便是基督那耀眼的产床
或睡在迷人柔软的梦境里,亲爱的孩子,
我也不愿交换泪水或你坚硬的脑袋。
儿子或女儿,刺穿我,逃离我,真的没关系,
哪怕整个沉闷天国的水域都破裂。"

"此刻唤醒我去荚的身姿和洞穴一样的欢乐
唤醒痛苦和腐肉,唤醒不曾自由的婴儿,
哦,我失去的爱在温暖的家园跳跃;
谷粒一路从坟墓的边缘匆匆赶来
从而有声音有空间,你可随时随地躺下哭闹。"

"别无选择,安息在与尘埃相约的谷粒,
安息在容纳大海的乳房。不归路
穿越海浪汹涌的肉道或穿越骨瘦如柴的小径[2]。

---

1 原文"the making house"(诞生的内室),指的是子宫。
2 原文"the fat streets"与"thin ways","肉道"与"瘦径"指向代表"生与死"的"子宫"与"墓穴"。

墓穴及我安宁的身骨，像石头谢绝你的光临，
那天才神童无限的源头经受开启的苦痛。"

二十四年[1]

二十四年唤起我眼中的泪水。
(掩埋死者[2],唯恐她们在分娩阵痛[3]中走向坟墓。)
我像一位裁缝[4]蹲伏在自然之门[5]的腹股沟
借着食肉的阳光
缝制一件上路的裹尸布[6]。

---

1 写于1938年秋,同年12月发表于《今日文学与生活》,1939年收录于诗集《爱的地图》。诗人生日诗系列中的一首,诗题《二十四年》,出自英国著名诗人弥尔顿(John Milton,1608—1674)的一首十四行诗,详见笔者的著作《狄兰·托马斯诗歌批评本》。
2 原文"bury the dead"(掩埋死者),典出《圣经·新约·马太福音》8:22。
3 原文"in labour"为"分娩,临产阵痛"与"艰难劳作"的双关语。
4 原文"tailor"(裁缝),象征"创造"与"毁灭",像希腊神话里的命运之神,有一把"命运之剪",量体裁衣,缝制生命之衣,参见《时光,像一座奔跑的坟墓》一诗的注释。
5 原文"the natural doorway"(自然之门),指通往子宫的入口,开启生死大门。
6 "裹尸布"(shroud),典出约翰·多恩的《死亡对决》(*Death's Duell*)。

盛装迷死人[1]，肉欲开始阔步而行，

殷红的血管满是钱币[2]，

我沿着小镇[3]最终的方向

前行，直到永远。

---

1 原文"dressed to die"仿自习语"dressed to kill"（盛装迷死人），此处"die"（死了）为双关语，兼"已达性高潮"之意。
2 原文"red veins full of money"（殷红的血管满是钱币），静脉里流动的红细胞仿佛尽是钱币。另"veins"兼具"静脉"与"矿脉"双关。
3 原文"elementary town"（小镇），指向子宫或坟墓，其中"elementary"兼具"初级的,基础的；元素的"内涵，隐含世上的一切不过是尘土等基础元素转换的结果。

祷告者的对话[1]

祷告者的对话[2]行将陈诉,
上床睡觉的男孩和上楼的男人
迈向楼上室内垂死的爱妻,
一个不在乎睡梦中接近的人,
另一个噙满眼泪,因她行将死去,

黑暗里开启的祷告即将要响起,
从绿色的大地升入回响的天空,
从上楼的男子到床边的孩子。
两位祷告者行将发出的声音,
为着安然入梦和死去的爱妻

飞逝的伤悲。他们在抚慰谁?
孩子安然入梦或男子依然在哭泣?

---

[1] 写于1945年,同年发表于《今日文学与生活》,收录于诗集《死亡与入场》(1946)。主题涉及成人与童年、天真与经验之间的关系以及苦难与祷告的性质。诗歌原文行间韵、尾韵交错回旋。
[2] 原文"prayer",既指"祈祷,祷告",也指"祈祷者;祷告者"。

祷告者的对话行将诉说，
开启生者与死者，上楼的男子
今夜不见死亡，只见温情和生机

激发火一样热情照料楼上的爱妻。
而孩子不在乎爬向谁，他的祷告
将溺毙于实墓般深不可测的伤悲，
黑眼的挥手告别，透过入梦的双眸，
拖着他上楼，迈向已然死去的人。

拒绝哀悼死于伦敦大火中的孩子[1]

不到[2]人类培育出

花木鸟兽[3]

不到君临万物的黑暗

默然宣告[4]最后一缕光的破灭[5]

不到死寂的时辰

来自轭下汹涌澎湃的大海[6]

1　一首写于1944—1945年的葬礼弥撒曲,1945年先后发表于《新共和国》(*New Republic*)和《地平线》(*Horizon*),收录于诗集《死亡与入场》,是诗人哀歌/挽歌系列——《而死亡也一统不了天下》《葬礼之后》《空袭大火后的祭奠》《死亡与入场》《不要温顺地走进那个良宵》《挽歌》中最好的一首,详见笔者的著作《狄兰·托马斯诗歌批评本》。

2　原文"never until"(不到……决不),一种"not until"(直到……才)句式的变体。

3　原文"bird beast and flower"(花木鸟兽),典出劳伦斯(D. H. Lawrence, 1885—1930)的一篇小说名。

4　"默然宣告"(tells with silence),一种矛盾的修饰法(oxymoron)。

5　原文"breaking"是双关语,既是"破晓",也是"破灭",既是开始,又是结束;苦涩的绝望中蕴含希望的尊严。

6　"轭下汹涌澎湃的大海"(the sea tumbling in harness),把创世的海洋比拟成一匹海神波塞冬胯下的马,与末节奔流的"泰晤士河"(riding Thames)形成呼应。

不到我不得不再次走进

那水珠圆润的天国[1]

和玉蜀黍穗的犹太会堂

我决不默许祈祷的音影

或在披麻[2]的小溪谷

播撒我海盐的种子[3]去哀悼

这个孩子庄严而壮烈的死亡。

我不会因她离世

这一严酷的真相[4]而去屠杀人类

也不再以天真与青春的挽歌

去亵渎

---

1 "Zion"（天国），原指耶路撒冷一个迦南要塞，后指锡安山，泛指"天国"；此节的"锡安"和"犹太会堂"均传递大屠杀的信息；水与谷物均为"圣餐"的主要构成。
2 原文"sackcloth"（披麻）出自犹太教习语"in sackcloth and ashes"（披麻蒙灰）。
3 原文"salt seed"（海盐的种子），指哀悼的眼泪，一种矛盾修辞法，"盐"往往使土地贫瘠不毛，"种子"却通常带来丰盈。
4 原文"a grave truth"为双关语，既指小女孩遭空袭"这一严酷的真相"，又指镂刻在女孩墓碑之上的"真相"或对战争的回忆。

这生灵呼吸的驿站[1]。

伦敦的女儿葬在深埋先前受难者的地方,
覆裹久远的亲朋好友,
隔世的谷粒,母城[2]黑色的矿脉,
泰晤士河无人哀悼的河水
悄悄地奔流。
第一次死亡之后,死亡从此不再[3]。

---

1 原文"the stations of the breath"(生灵呼吸的驿站)为双关语,既指十字架栖息驿站,带有耶稣基督的气息;也指伦敦地下车站,小女孩去世所在的防空掩体。
2 原文"mother"(母城),既指母城伦敦,也指大地之母。
3 "第一次死亡之后,死亡从此不再。"(After the first death, there is no other.)与此节首句"the first dead"(先前受难者:伦敦首轮空袭的遇难者,也指人类的祖先亚当与夏娃或耶稣基督)形成呼应。一般而言,"第一次死亡之后",不再存在第二次"死亡";而进入基督教复活的层面,则需通过"最后的审判"而步入永生。

十月献诗[1]

这是我迈向天国[2]的第三十个春秋
醒来我听到一丝声响传自港湾及毗邻的树林
　传自贝壳聚首、苍鹭布道的
　　　　堤岸
　　　黎明召唤着
海水的祈祷、海鸥和白嘴鸦的鸣叫
千舸帆影一声声拍打渔网密布的岸墙
　　　催促我启程
　　　　那一刻
小镇[3]依然沉睡,我却已起身。

　我的生日始于这一片水鸟
那林中翻飞的鸟群翻飞我的名字
　越过农庄以及白色的马群

---

[1] 写于1944年,1945年发表于《地平线》,后收录于诗集《死亡与入场》。这是一首诗人写于拉恩镇的生日诗。
[2] 原文"heaven"(天国),在狄兰·托马斯笔下有生与死双重的含义。
[3] 原文"town"(小镇),指拉恩,至今还保留着中世纪围墙的古迹。

我起身
　　　在这多雨的秋天
走出户外，过往的岁月纷至沓来。
潮水高涨，苍鹭入水，我取道
　　　越过边界
　　　　而城门
　　　依然紧闭，尽管小镇已醒来。

　　春天的云雀在云海翱翔，
道旁的灌木丛栖满一群啁啾的黑鸟
　　十月夏日似的阳光
　　　　照耀着
　　　　这片崇山峻岭，
这儿气候宜人，甜美的歌声突然
在清晨飘入，我漫游其间，倾听
　　　雨淋湿那嗖嗖
　　　寒风[1]
从我身下刮向远处的树林。

　　苍茫的雨落在小小的港湾
淋湿海边那座蜗牛般大小的教堂

---

1 原文"the rain wringing / Wind"（雨淋湿那嗖嗖／寒风），仿自习语"rain-bringing wind"（携雨的风）。

它的触角穿越云雾和城堡

　　猫头鹰般褐黄

　而所有的花园

在春夏季节某个故事里一起绽放

远在边界之外，云海云雀之下。

　　我在此赞叹

　　　生日的

　神奇，气候[1]却已开始转换。

从那片欢乐的国度转向

随另一片气流向下，蓝色变幻的天空

　再次流淌那夏日的神奇

　　　　挂满苹果、

　　香梨和红醋栗

在此转换中，我如此清晰地看清

一个孩子遗忘的早晨，他和母亲一道

　　走入阳光[2]下的

　　　寓言

　　走入绿色教堂的传奇

1　"气候"（weather），更指二战时局的氛围。
2　原文"sun light"，将"sunlight"（阳光）拆开来用，"sun"（太阳）在狄兰·托马斯笔下蕴含谐音词"Son"（圣子），指耶稣。

再次聊起孩提时的乡野
他的泪水灼热我的脸庞,惺惺相惜。
这就是森林、河流和大海
一个男孩
在逝者聆听的夏日里
向树林、向石块和弄潮的鱼儿
低声倾诉他内心欢乐的真情。
那一份神秘依然[1]
生动地
在水中,在鸣禽中歌唱。

我在此赞叹生日的神奇
而气候开始转向。男孩在此长眠
他欢乐歌唱的真情在阳光下
燃烧。
这是我迈向天国的
第三十个春秋,一个夏日[2]的正午
山下小镇的叶子,沾染十月的血色。
哦,愿我心中的真情
依然歌唱
这翻转时节高高的山岗。

---

1 原文"still",语义双关"依然"和"静谧"。
2 原文"summer"(夏日),这首诗出现春夏秋三季节诗性共存。

真理的这一面[1]

（致卢埃林[2]）

真理的这一面，

也许你看不见，孩子[3]，

你这令人炫目的

青春国度的蓝眼王，

在无知和知罪的

冷漠天空下，

在你开始摆弄

心或头颅的姿态前，

一切都已破灭

又聚拢而来

溢入漫漫的黑暗

仿佛死者的尘埃。

---

[1] 写于1945年初，七月发表于《今日文学与生活》，1946年收入诗集《死亡与入场》。诗题中的"真理"（truth）指的是诗人在"进程诗学"中，从无知步入成熟，走向死亡的冷漠一面。

[2] 副题"致卢埃林"（Llewelyn Edouard Thomas），表明诗人是写给大儿子，时年六岁，主题关注的是好坏与善恶、无知与知罪。

[3] 原文"son"（孩子），有双层的内涵，既指诗人的大儿子，也指圣子耶稣。

在汹涌的大海旁,

好坏与善恶

以两种方式围绕死亡,

这懵懂年代心中的王,

仿佛一口气吹过,

哭喊着穿越你和我

以及所有人的灵魂,

进入无知的

黑暗,知罪的黑暗,美好的

死亡,丑恶的死亡,随后

以最后的元素飞翔,

仿佛星星的血[1],

仿佛太阳的泪,

仿佛月亮的种子[2],

垃圾与烈火,空中飞舞的

妄语,你这六岁的王。

而缺德的愿望,

随意抛撒,在你前行前,

顺着源初的植物,

飞禽走兽,

---

1 "血"(blood),指"耶稣的血",可救赎众生。
2 原文"semen",指"种子""精液"。

水色与光亮,大地与天空[1],

而你的一切言行,

每一个真理与谎言

在无从审判的爱中死去。

---

[1] "水色与光亮,大地与天空",即中世纪古典哲学的四大元素。

致你及他人[1]

密友啊仇敌,我叫你出来。

你的眼里窝着一枚臭硬币[2],
朋友,你一副洋洋得意的神态,
厚着脸皮[3]窥探我最羞涩的秘密,
掌心塞给我一把谎言,
诱惑的眼神贼亮贼亮,
直到我甜甜的爱牙咬得发干,
最终咬得咯咯响,踉跄地吸气,
此刻,我咒你贼一样现身
在镜子辉映的回忆里,
一脸难忘的笑颜,
手戴丝绒手套,身姿矫健,
我整个身心遭受你的锤击,

---

1 写于1939年,发表于《七》(1939年秋季号),后收录于诗集《死亡与入场》。诗题《致你及他人》似乎在谴责某人的背叛。
2 "臭硬币"(bad coin),常用来放上眼窝,让死人闭眼。
3 原文"brassily"(黄铜般地),引申为"厚脸皮地;厚颜无耻地"。

生命一度那么快乐、那么坦诚,
无欲无求,亲密无间,
我也从未有过表达或思索
而你却错置了一种真情在空中,

尽管他们的美好和过错,我一样地爱,
我的爱依然如故,
朋友们却成了踩着高跷的敌人,
他们的脑壳翘入狡诈的云层。

疯人院里的爱 [1]

　　来了一位陌生人
要与我共享一室,脑子有点不正常,
　　一位女孩疯如鸟

她用臂膀和翅翼,闩住 [2] 门内的黑夜。
　　受缚 [3] 于迷惘的病床,
她以涌入的流云,迷惑可防天国的房舍,

她还漫游在噩梦似的房舍,迷离恍惚,
　　死尸一般逍遥法外
或者骑马,奔腾在男病房的想象之海。

　　她来时就已着魔
任凭迷惑的光线,穿透反弹的墙壁,

1　写于1941年,同年发表于伦敦《诗刊》,后收录于诗集《死亡与入场》。一首关于婚姻的诗篇,视疯狂的爱情为逃离社会或战争的治愈良药。
2　原文"bolting",语义双关为"闩住"和"吞下"。
3　原文"strait",即为"straitjacket"(紧身衣),引申为"受缚"。

  着魔于整个天空

她睡在狭小的卧槽,还漫游于尘世
  随意胡言乱语
我流淌的泪水,侵蚀疯人院的床板。

久久地或最终被她怀中的灵光所虏,
  我也许一定得
忍受最初的幻影,点燃万千的星云。

不幸地等待死亡 [1]

不幸地等待死亡

与凤凰 [2] 一起等待

柴火即刻在下方点燃我罪孽的时光，

等待死荫 [3] 下的女人

镂刻得性感又圣洁，不断地向我奉献

周遭掠过逝去的死人

尽管勃发的亲吻还未响彻

肉身冰冷的嘴唇，火焰的

前额，却足以令她亘古不渝

爱的风雨也未渐渐破裂，消逝在风中

寒冷的女修道院回廊

唱诗班传来我生命欲望的指令

1　写于1939年春，10月以《诗篇——致凯特琳》为题发表于《今日文学与生活》，1945年修订为一首自由诗《不幸地等待死亡》，收录于诗集《死亡与入场》。前者是一首献给妻子凯特琳的情诗，后者则是一首赋有宗教感的诗篇。
2　原文"phoenix"（凤凰，涅槃），一种自我毁灭又重生的象征。
3　原文"in shades"为双关语，既指"戴墨镜"，也指"荫凉处"。

只因诱惑者的到来,发出一声叹息

随酷暑的热浪一起袭来,

在此罪恶肆虐的海面相爱

我幸运的圣体

在爱的云层映衬下,热烈地亲吻相拥

随着时光的碾磨

白昼落下,夜色下我们的荒唐事,

以生的节律被切成寂静的星星,

在你每一吋[1]每一瞥下,如此英勇的主人

却赐福于我,伤口必然

化为神,庆贺灵魂的诞生

在阳光的辉映下共享圣餐。

我的自我将永不颂唱

死荫下的圣徒,而无尽的祈祷词替换

你祈祷的肉身,我也将不去嘘赶脚下的飞鸟:

死亡等待双方一一躺下。

我看见狮虎兽[2]流泪

在雌雄同体的黑暗里,

1　吋,英寸的简写。1吋=2.54厘米。
2　原文"tigron"(狮虎兽),由"tiger"(虎)与"lion"(狮)混成新造的一个词。

身纹斑斓,鬃毛浓密的兽群大步迈向毁灭,

母骡生养出人身牛头怪,

鸭嘴兽在鸟群的哺育下繁衍生息。

我看见饥渴的修女,镂刻成死荫的装束

欲望的象征越过我的时光与罪孽

越过健硕的裤裆与强烈的节制。

我看见未曾浴火的凤凰,信使

和天堂的传唤者,看见此刻的渴望之箭

以及与世隔绝的荒岛。

除非活生生的肉身花团锦簇般盛开

一切爱都成畸形或不朽[1]

坟墓化为它的女儿。

爱,我命里侥幸获得的爱

无从诉说地讲述

寻求天堂的凤凰和石刻女修道院

死后的欲望都将失效

一旦我不愿鞠躬致谢你的祝福,

也不愿漫步在你荫凉的人间花园,

不朽与我同在,仿佛基督与天空同在。

我从你眼神传译的母语中

---

[1] 原文"monstrous or immortal"(畸形或不朽),即为 D. H. 劳伦斯的小说《查泰莱夫人的情人》的主题。

明白了这一切。新生的星星告诉我，
快快步入起点，仿佛基督投胎。
很不幸，她须耐心地躺下，
跳跃的小鸟也须安静。哦，我的挚爱，抱紧我。
在你每一吋每一瞥下，创世的天体开始转动，
活生生的地球就是你的子孙。

公园里的驼背老人[1]

公园里的驼背老人

一位独居的先生

栖身在树木与湖水间

自打园门闸锁[2]开启

任凭花木与湖水涌入

直到周日昏黄的晚钟响起

吃着用报纸夹带的面包

喝着一叠杯子[3]盛出的水

孩子们却用来装沙砾

我在喷水池放飞纸船起航,

夜里他就睡在这狗窝里

但是,没人拴得住他的心。

---

1 写于1941年6—7月间,更早的版本见于1932年5月9日,1941年10月发表于《今日文学与生活》,收录于诗集《死亡与入场》。一首现实与想象交替的诗作,也是一首思乡的佳作,诗中的公园,即诗人少时常去玩耍的库姆唐金公园(Cwmdonkin Park)。
2 原文"lock"为"铁锁"和"水闸"的双关语。
3 原文"the chained cup"(一叠杯子),其中"chained"有"一连串"和"拴住的"双关语之意。

他像公园的鸟儿早早到来[1]
像湖水一般坐了下来
先生,他们喊,嘿,先生
逃学的男孩打从镇里跑来
他清晰地听到他们的脚步
渐渐地没了声息

他们笑着跑过湖边,跑过
假山庭园,他抖动报纸
驼着背走路,遭人讥笑,
穿越柳林下嘈杂的人群
一路躲避看园人
手拿枝条,捡拾地上的落叶。

睡狗窝的驼背老人独自
在保育林[2]和天鹅间走动
男孩们在柳树林下
逼视老虎跳出他们的视线

---

1 原文"like the park birds he came early"(像公园的鸟儿早早到来),化自谚语"早起的鸟儿有虫吃"(the early bird catches the worm)。
2 原文"nurses",是"保育林"与"护士"的双关语。

朝着假山石林吼叫
那片柳林因水手衫而忧郁

晚钟响起前,又整天虚构
一个完美无缺的女人角色
像一株小榆树亭亭玉立
佝偻身骨更显她高挑身姿
即便落闸拴链之后
她依然伫立在夜色里

一夜间公园就恢复旧模样
护栏和灌木丛后面
鸟群草丛湖泊树林
一帮野孩子,草莓般纯真
尾随那位驼背老人
抵达夜色下的狗窝。

入了她躺下的头颅 [1]

1

入了她躺下 [2] 的头颅,

他的情敌来到床头 [3]

在略显沉重的眼皮底下,

穿越头发遮掩下涟漪起伏的耳膜 [4];

此刻,挪亚再次点燃无情的鸽子 [5]

飞越造人的营地。

昨晚一波汹涌的强暴

---

[1] 写于1940年3月,12月发表于《今日文学与生活》,后经修订收录于诗集《死亡与入场》。诗题《入了她躺下的头颅》出自英国小说家兼诗人乔治·梅瑞狄斯(George Meredith,1828—1909)的十四行诗集《现代爱情》(*Modern Love*,1862)。

[2] 原文"lying down"(躺下,躺着),蕴含"躺倒认输"之意,还有"tell lie"(说谎)之意。

[3] 原文"entered bed"(来到床头),蕴含"进入情敌的梦"。

[4] 原文"the rippled drum"[涟漪起伏的(耳)膜],蕴含"阴道处女膜"之意。

[5] 原文"Noah's…dove"(挪亚……鸽子),典出《圣经·旧约·创世记》6:8-12。

鲸鱼[1]，出自粗野的绿墓[2]，

在喷泉原点放弃他们的爱，

顺着她的纯真滑过

燃情的唐璜[3]和残暴青年李尔王[4]，

凯瑟琳皇后[5]赤裸哀号，

参孙[6]溺毙于一头毛发，

一部默片异常亲昵

楼梯口曾看见陌生人及其影子；

那黑色的刀锋和悲鸣的荡妇就此对着

干草床叹息，在拂晓公鸡啼鸣前，

他带着一副镰刀状臂膀

一次次地呼啸而过；

男人是她梦游的英格兰，炽烈迷人的岛屿

---

1 原文"whale"（鲸鱼），象征生殖器崇拜，典出美国作家梅尔维尔的名著《白鲸》。
2 原文"green grave"（绿墓），蕴含从"子宫"（womb）到墓穴（tomb）的进程。
3 唐璜（Don Juan），诗人拜伦的诗体小说《唐璜》中的人物，生性风流，不受道德规范的约束。
4 李尔王（King Lear），莎士比亚名剧《李尔王》中的青年李尔王，荒淫无度。
5 凯瑟琳皇后（Queen Catherine），在俄国历史上与彼得大帝齐名，但后人最关注的却是她的情史。
6 参孙（Samson），《圣经》里的悲剧人物，挡不住女色的诱惑，泄露超人神力的秘密，终因头发被剪，力量全失，受尽羞辱。

销魂她魅力无限的肢体，

像一位新生儿腰间裹着叶子入睡，轻轻地诵唱，

逃亡的恋人婴儿般天真无邪地置身落满橡子[1]的沙丘。

2

就此数不胜数的舌吻

她们因室内[2]男子的呻吟喘不上气，

他松开忠诚，绕着她飞翔，

黑暗在墙上挂起一篮又一篮毒蛇[3]，

那是体魄魁梧、鼻息浓烈、

接近完美的男子，

隐约地感觉他像极

她青春期的贼子[4]，

早年的想象依稀可见

大洋般孤独的情人

---

1 "橡子"（acorn），是猪的食物，猪是性欲的象征，典出希腊神话女妖瑟茜（Circe）把奥德赛的水手变成猪的故事。
2 原文"room"（房室；室内），指"卧室"或"阴道""子宫"。
3 "毒蛇"（snakes），象征"诡计"和"妒嫉"。
4 原文"the thief of adolescence"（青春期的贼子），指诗人的妻子凯特琳15岁时曾遭人强暴。

嫉妒更不能因她而忘却，

他铺开罪恶之床，

尽享她的美好之夜。

身着白睡袍哭喊，从午夜月光下的舞台

走向层层轰鸣的潮汐，

她时近时远地宣告偷心的贼子

侵占她的身体已多年，

侵害者和破败的新娘

在她一旁庆贺

一切血示的质询和消亡的婚姻，他因傲慢

不曾分享过点滴的美好

夜间布道的牧师扑动污秽的翅翼轻声低语

她神圣又非神圣的时刻与始终匿名的野兽同在。

3

两粒沙聚拢在床，

头对头环绕天堂，

独自融入无比宽广的海岸，

大海不留一丝声息覆盖他们的黄昏；

每一枚基于泥土的半球形贝壳传出

一阵阵声响宣告

女人奄奄一息，而男人
喜欢好色背叛，
在水的遮掩下消融了金黄。
一只脆弱的雌鸟睡在一旁，
她恋人的翅翼收拢起明日的飞翔，
在筑巢的树杈间
向交尾的鹰诵唱
腐尸、天堂，我鲜亮的卵黄叽叽喳喳。
一叶草渴望融入草坪，
一粒石迷失囚禁于云雀般高高的山岗。
向着裸影开放，仿佛向着天，
哦，她孤独而宁静，
两性大战[1]的无辜者，
悄悄乱伦的兄弟片刻间延续了星星，
撕裂的男子独自在夜晚哀伤。
第二批更恶劣的情敌，来自深深遗忘的黑暗，
休眠自身的脉搏，掩埋死者于她不忠的睡眠。

---

1 原文"two wars"，应从"两性大战"去理解，并非两次世界大战。

死亡与入场[1]

在燃烧弹即将爆燃前夕[2],

  有人正濒临死亡

至少你最挚爱的一个人

  总算明白得告别

狮子和烈火[3]般飞扬的气息,

  在你不朽的朋友中

有人愿扬起风琴,尽管视作尘土

  勃发地诵唱对你的赞美,

一个[4]内心最深沉的人闭口缄默

  永不沉没或终结

  他无尽的伤痛

---

1 写于1940年夏,发表于《地平线》(1941),后收录于诗集《死亡与入场》。诗题《死亡与入场》典出约翰·多恩最后一篇布道书《死亡对决》(*Death's Duell*, 1930),基于英国面临德军的空袭,担心从子宫趋于坟墓的死亡即将入场。
2 "在燃烧弹即将爆燃前夕"(on almost the incendiary eve),指德国对英国伦敦的空袭导致的大火。
3 原文"lions and fires"(狮子和烈火),典出《圣经·旧约·士师记》14:5-6 和 15:4-5 参孙搏杀狮子、火烧橄榄园的故事。
4 原文"one",指"一个"人或指一种死亡。

众多伦敦已婚夫妇渐渐疏离的伤悲。

在燃烧弹即将爆燃前夕,
　　你的双唇和钥匙,
紧锁或打开[1],遇害的陌生人迂回行进,
　　一个最不了解的人
你北极星上的邻居,另一街区的太阳,
　　会潜入他的泪水。
他在雄性的海洋濯洗他雨水般的血液
　　因你个人死亡而大步疾走,
他用你的水线缠绕他的世界
　　让空壳的喉口塞满
　　每一声哭喊,自从
第一丝光亮闪过他霹雳般的眼睛。

在燃烧弹即将爆燃前夕,
　　死亡与入场开启,
伦敦这波[2]远近受伤的亲人和陌生人,

---

1 原文"locking, unlocking"(紧锁或打开)及下节的"锁孔"(locks),均为双关语,也指大力士参孙的头发,他的力量所在,诱惑他的妓女大利拉(Delilah)解开他的长发,让人剃去,克制住他的力量。
2 "波"(wave),既指"轰炸",也指"电波""血汗""眼泪"。

寻找你单一的墓穴，

众敌手之一，熟知

　　你那颗明亮的心

黑暗中注目，颤动着穿越锁孔和洞穴，

　　终将扯起雷电

遮蔽太阳，插入，开启你幽暗的钥匙，

　　热浪[1]仅逼迫骑手后退，

　　直到至少还有挚爱的人[2]

逼近你黄道带上最后的参孙。

1　原文"sear"（烧灼；热浪），指的是二战德国对伦敦实施空袭引发的大火。
2　原文"one loved least"（至少还有挚爱的人），死亡或上帝。

冬天的故事[1]

　　一个冬天的故事,
飞雪炫目的湖面,暮色飞渡,
圣杯谷浮动农庄大片的土地,
雪花迭现的手心静静地滑过
隐秘航道上牛群苍白的呼吸,

　　星星漠然陨落,
雪中透出干草味,猫头鹰在远处
向羊群聚集的羊圈发出警示,
寒冷冻住农家烟囱上的羊白雾,
河水蜿蜒的山谷就此揭开传说。

　　世界一度沧桑
诚实的星球,纯如堆积的面饼,
雪中的食物和火焰,一位男子释放

---

[1] 写于1944—1945年,1945年7月发表于芝加哥《诗刊》,次年收录于诗集《死亡与入场》。一首基于"重生"的神话原型故事及民间爱情故事的叙事歌谣,26节五行诗隔行押韵,译诗大体保留原韵框架,叙述一位濒临死亡的隐士在冬夜的祈祷,以求获得痛苦的解脱。

涡形火焰，燃烧于脑海和内心，
独自在农舍，在山坳的原野上

　　落泪。继而燃烧
火光映照的岛屿，周遭雪花飞舞，
母鸡在寒梦里栖息，粪堆白如羊毛，
公鸡啼鸣的火焰梳理雪掩的院落，
早起的农夫们，扛着铁锹在肩头，

　　踉跄而出，牛群
骚动，捕鼠的猫胆怯地一旁走动，
觅食的鸟儿欢欣雀跃，挤奶姑娘
拖着木屐轻轻地越过低垂的天空，
醒来忙于生计的农庄，雾气腾腾，

　　他跪下祈祷，哭泣，
一旁黑锅蒸煮，柴火明亮作响，
圣杯，切开的面饼[1]，起舞的影子，
遮掩严实的房室，夜晚初降临[2]，

1　原文"the cup and the cut bread"（圣杯，切开的面饼），象征"最后的晚餐"。
2　原文"the quick of night"（夜晚初降临），是反向戏仿"the dead of night"（夜深人静）。

爱的绝佳时刻,他却害怕遭遗弃。

  他跪在冰冷石头上,
向蒙面苍天祈祷,因极度伤悲而泣
愿他的饥饿嚎叫在裸露的白骨上
越过天空作顶的猪栏,留存的马厩
刺眼的牛棚和明亮如镜的鸭塘

  独自进入祈祷之家
温暖如火,他一路搜寻流云般
令人雪盲的爱情,冲进白色的窝。
赤裸的欲望击中他,垂首哀号
虽无声音流过他翻折空气的手

  却唯有风串起
鸟群的饥饿掠过一片圣水和面饼[1]
舌尖消融丰盈,高高摇曳在玉米地。
莫名的欲望迫使他燃烧又迷失
当寒冷如雪,他理当一路跑进

---

[1] 原文"of the bread and water"(圣水和面饼),均为"圣餐"的重要要素,而此节的"snow"(雪)象征古以色列人四十年在荒野生存所得的天赐"吗哪"。

河水逶迤的山谷,
夜间呢喃的河流溺于漂流的欲望,
他蜷身躺下,总陷于欲望的中心,
那白色的野蛮摇篮和新娘的婚床
永远被迷失信徒和光的弃儿追逐。

　　解救他,他哭喊,
全身心地陷入爱,让新娘
吞没他赤裸又孤寂的欲望,
播撒白色种子的田野永不茂盛,
或跨骑时光而亡的血肉永不兴旺。

　　听吧。行吟诗人
在昔日的村庄歌唱。夜莺,
掩埋林木的尘埃,扇动翅膀的砂砾
在死者风尘中拼读冬天的故事。
凋谢的春天传来水尘倾诉的声音。

　　溪流渐渐干枯
随钟声汇入河湾。而露珠鸣响
落叶碎片和光华褪尽的风雪教区。
岩上雕蚀的嘴是飞雪弹拨的琴弦。
时光透过纷飞的雪粒歌唱。听吧。

久远的大地上

一只手或一个声音滑过黑暗中

敞开的大门，门外面饼的土地上

一只雌鸟[1]飞起，像火辣的新娘闪光。

一只雌鸟啼晓，胸口绒毛雪花猩红。

　　看吧。舞者舞动

在昔日的村庄，雪落绿色灌木丛，

月光下放纵，鸽群若尘埃。狂欢，

逝去的人马兽[2]，墓穴般膨胀的马群，

转身踏过飞禽农庄湿淋淋白色围场。

　　死橡树为爱行走。

石刻的四肢跳跃，仿佛应和号角声，

枯叶的书法舞动。石头年轮编织成群。

起伏的原野拨动竖琴一曲水尘之声。

为了爱，往昔的雌鸟升起。看吧。

1　原文"she bird"（雌鸟），"凤凰涅槃"的意象指向诗人的妻子"凯特琳"；也可指向鸽子般飞翔的"圣灵"。
2　原文"centaur"（人马兽），在希腊神话中是"狂野"与"好色"的象征。

升腾狂放的翅膀
高过蜷缩的脑袋，羽毛般柔和之音
穿越大屋，仿佛那雌鸟在颂扬，
缓缓雪落的所有元素颇为欢欣，
一位男子独自跪在圣杯的山谷，

　　披着斗篷安宁，
一旁黑锅蒸煮，柴火明亮作响，
天空群鸟翔飞，拍击羽毛的声音
取悦他，像阵风追赶明亮的飞翔，
跑过寂静农场昏暗的谷仓和牛棚。

　　年关两极降临
当黑鸟像牧师死在着装的树篱间
远处的山岗越过州郡的尸布靠近，
从茂密的树林跑来雪中的稻草人
快速地穿过鹿角般移动的丛林，

　　衣衫褴褛的祈祷
下到过膝的丘壑，在麻木湖面高喊，
通宵达旦迷离，一路跋涉尾随雌鸟
穿越时光和大地及大片漫舞的雪花。
倾听目视她扬帆鹅毛飞雪的大海，

天空，飞鸟，新娘，
云彩，欲望，耕耘的星球，胜过大地
种子的快乐，血肉跨骑时光而亡，
苍穹，天国，坟墓，燃烧的洗礼池。
远古大地上，他敞开死亡的大门滑翔，

　　飞鸟缓缓而落。
圣杯农庄上方，白色的面饼山岗
湖泊及浮动的田地，河流蜿蜒的山谷，
他在此祈祷，来到最后的死亡
和祈祷之家的火焰，故事就此结束。

　　舞蹈在雪地湮灭
绿意不再呈现，行吟诗人已逝，
歌声在雪靴踏过的欲望村碎裂
面饼深处一度刻下飞鸟的身姿
光滑的湖面上滑过飞鱼的身影。

　　祭坛之上修剪
夜莺和人马兽的死马。春天凋谢而返。
年轮在石头沉睡，直到号角吹响黎明。
狂欢屈身躺下。时光掩埋春天的气候

钟声与化石和重生的露水欢欣雀跃。

  鸟儿归巢就寝
在翅翼诵唱下,她仿佛入睡或长眠,
张开翅膀滑翔,他在圣歌声中
成婚,穿越新娘吞没的大腿,
全能之神[1],天堂引领鸟儿前行,

  而他俯身而就,
在新娘的婚床,在天堂的山坳
在欲望[2]中心水池的旋涡下
旋转开放的世间花蕾里燃烧。
她随他起身,盛开在消融的冬雪。

---

1 原文"Woman breasted",即为"El Shaddai"(全能之神),典出《圣经·旧约·创世记》35:11。
2 原文"wanting",语义双关"渴望"与"缺乏"。

结婚周年纪念日 [1]

撕破的天空横穿

俩人褴褛的周年纪念日

三年来 [2] 他们和睦相处

携手走过誓约长长的小径。

此刻爱已失去

爱神和病人 [3] 在锁链上哀号:

从每个真理或弹坑 [4]

死神挟来阴云,锤击着房屋。

错误的雨中 [5],为时已晚

---

1 写于1940—1941年间,1941年1月15日发表于伦敦《诗刊》,后收录于诗集《死亡与入场》。
2 "三年来",狄兰·托马斯夫妇的结婚纪念日是1940年7月11日。
3 原文"patient"(病人),一种隐喻性表达,似乎两人的婚姻生活出现问题;二战期间大轰炸的恐怖要把人逼疯,参见另一首《疯人院里的爱》。
4 "弹坑"(crater),二战德军轰炸机投弹留下的弹坑。
5 原文"wrong rain"(错误的雨中),实写德军闪电战的炸弹密如雨下;另反向戏仿习语"right as rain"(事事如意),两人过得却不顺心。

他们相聚相会,爱却分离:
窗户倾入他们的心扉
房门在脑海中被点燃。

有一位救世主[1]

有一位救世主[2]

比镭[3]更稀有，

比水更平凡，比真相更残忍；

孩子们避开阳光[4]

在他舌头[5]聚拢；

听金色的音符在音轨转动，

囚徒们祈求锁住他们的眼睛

锁进他无密钥微笑的书房和牢房。

孩子们的话语声

传自迷失的荒野

在主安然的动荡里自有安宁，

1　写于1940年1—3月，1940年5月发表于《地平线》，后收录于诗集《死亡与入场》。一首仿自弥尔顿诗歌《基督诞生的清晨》（1629）的反战诗。
2　"救世主"（saviour），此处指广义的"救世主"。
3　原文"radium"（镭），既有治疗作用，又具"杀伤"的危害性。
4　原文"sun"为"太阳，阳光"和"圣子"（son）的双关语。
5　原文"tongue"，为"舌头"和"语言"的双关语。

每当妨碍的人类伤害

　　他人、动物或鸟兽

　在那杀戮气息里,我们掩藏恐惧,

当地球变得越来越嘈杂,避难所和巢穴

愈加喧嚣,唯有保持沉默,再沉默。

　　在他流泪的教堂

　　可以听到一丝荣耀,

　随他一击,你在主柔和怀抱里叹息,

　　哦,你无法为之哭泣

　　悲悯一个人就地死去

　在神秘的洪水下,为欢乐而流泪,

贴紧你的脸颊到云雾浸润的贝壳:

此刻,在黑暗中唯留你我自己。

　　两弟兄傲然遭抹黑,

　　肩并肩,困在冬季,

　面对这空虚冷漠的岁月呼喊,

　　哦,我们动弹不得

　　哪怕一丝叹息,即便

　听到人类的贪婪,到处邻里烧杀[1]

---

[1] 原文"near and fire",戏仿"near and far"(到处)。

我们唯有在天蓝色哭墙筑巢哀号
此刻掉一大滴泪，为知之甚微的跌倒，

  为颓败不堪的家园，
  无法养育我们的身骨，
  唯有勇敢地死去且永不为人所知，
  此刻，我们独自明了，
   自身真实而陌生的尘埃
 穿过我们不曾进入过的房门。
放逐于心灵，我们激发丝柔又粗野的爱，
松弛柔和、自由狂放，破开所有的礁岩。

处女成婚[1]

独自醒来情意绵绵，晨光惊愕于

她睁开的一对彻夜未眠的双眼

金色的往昔在他虹膜上酣睡

今日的太阳从她大腿跃上天空[2]

童贞古老又神奇，仿佛饼和鱼[3]，

尽管瞬间的圣迹只是道不灭的闪电

留有足迹的加利利[4]船坞掩藏一大群鸽子[5]。

---

1 写于1941年夏，更早的版本见于1933年3月22日，诗人期待姐姐南希成婚。发表于《今日生活与文学》，收录于诗集《死亡与入场》。一首融基督教徒精神与异教徒爱欲于一体的"玄学派"诗歌。
2 "太阳从她大腿间跃上天空"（sun leapt up the sky out of her thighs），此句蕴含"耶稣基督降生"的圣经故事，典出《圣经·新约·马太福音》1:18-25。
3 "饼和鱼"（loaves and fishes），蕴含"五饼二鱼"的圣经故事，典出《圣经·新约·马太福音》14:17-21。
4 原文"Galilee"（加利利），以色列最大的淡水湖，素有耶稣"第二故乡"之称，留有"五饼二鱼""耶稣在湖面行走"的圣迹，典出《圣经·新约·约翰福音》6:19。
5 原文"doves"（鸽子），指"圣灵"，天使报喜、爱与和平的象征。

震颤的太阳[1]不再渴望她深海的枕垫

她在那独自成婚,她的心,

她的耳朵和眼睛,她的双唇俘获他雪崩般

金雨之影[2],她水银般的身骨响彻[3]他潺潺的溪流,

他在她眼睑下的窗口扯动他金色的行囊,

一团火焰跃过他的酣睡之舍,她在他的怀抱里

懂得另一轮太阳,难以匹敌的血液夹带嫉妒奔流。

---

1 此节的"sun"(太阳)指向希腊神话中的宙斯(Zeus)。
2 原文"golden ghost",从希腊神话角度可解读为宙斯降下金雨密会达纳厄(Danaë)的"金雨之影",从圣经角度则可解读为"圣灵"。
3 原文"ring"语义双关,一为"响彻,回荡",二为成婚送的"戒指"。

我的技艺或沉郁的诗艺 [1]

我的技艺或沉郁的诗艺

施展 [2] 在寂静的夜晚

此刻唯有月亮在肆虐

酷爱者 [3] 躺在床上

满怀一身的忧伤,

我在吟唱的灯光下辛劳

不为抱负或面包

或为在象牙台上

招摇并兜售魅力

却为内心最深处

极其普通的回报。

我不为傲慢的家伙

---

[1] 写于1945年夏,发表于《今日文学与生活》,收录于诗集《死亡与入场》。此诗表达诗人创作的态度与理想。
[2] 原文"exercised"(施展;操演),语义双关,既要施展技艺,又可强调"写作"这门手艺可是一门不断演练的体力活。
[3] 原文"lovers"不单单指"情人",宜理解为广义的"酷爱者,爱好者"。

铺开浪花四溅的纸笺

除了肆虐的月光

也不为高耸的逝者

他们自有夜莺和诗篇

却为酷爱者写作

他们怀抱岁月的忧伤[1],

既不赞美或酬报

也不留意我的技艺或诗艺。

---

1 下阕 "their arms / Round griefs of the ages"（他们怀抱岁月的忧伤）以及上阕 "With all their griefs in their arms"（满怀一身的忧伤）中的 "arms" 为双关语，既指"臂膀"，也指 1945 年的"战争"，故而引发"岁月的忧伤"。

空袭大火后的祭奠[1]

1

我[2]

和哀伤的人们

哀悼

大街上不停息的死亡

一位出生仅几小时的婴儿

一张吮吸的小嘴

烧焦在墓穴黑色的胸膛

母亲的胸乳[3],怀抱熊熊的烈火。

仪式开始

歌声

---

[1] 一首悼念的祭奠诗,追悼二战时期一位死于空袭的孩子,1944年4—5月创作/发表于《我们的时代》(*Our Time*),收录于诗集《死亡与入场》,诗人自称第三节为即兴演奏的音乐小品。
[2] 原文"Myselves"[(复数的)我(自己)],诗人代表大街上所有伤心的人们表达哀伤。
[3] 原文名词的"dug"(乳房,乳头)与动词"dug"(挖)语义双关。

响起

燃起黑暗重回太初

熊熊火舌盲目地点头

一颗星[1]击碎

孩子的世世代代

此刻我们哀悼,圣迹都无法救赎。

宽恕

我们宽恕

赐给

我们你的死亡,我和信徒们或许会

掀起大洪水承接

直到血液喷涌而出

尘埃如鸟儿欢唱

随谷粒飞扬,随你死亡生长,穿越我们的内心

哭喊

你临终的

哭喊,

孩子越过了黎明,我们在大火毁灭的大街

---

[1] "星"(star),指炸弹,也是生命与宗教信仰的启明星。

颂唱飞扬的大海[1]漫入

失去的生命

爱是聊起的最后一道光。哦,

耻骨区黑色皮囊留下圣子的种子。

2

我不知道

是亚当还是夏娃,装扮圣洁的小公牛

还是洁白的母羊羔

或是选中的童女

裹在雪中[2],

伦敦的祭坛

率先化为

小小颅骨的灰烬,

哦,新娘和新郎

---

[1] "飞扬的大海"(the flying sea)与上节的"大洪水"(great flood)及第三节的"大海般的弥撒"(the masses of the sea)形成呼应,浇灭空袭引起的大火,抚慰心中的哀痛。

[2] "选中的童女/裹在雪中"(the chosen virgin / Laid in her snow),典出布莱克的诗篇《啊!向日葵》(*Ah! Sunflower*):"裹在雪中苍白的童女玛利亚"(the pale Virgin shrouded in snow)。

哦，亚当和夏娃一起

无声地长眠

在奠基石悲伤的怀抱

像伊甸园里

苍白的尸骨。

我知道

亚当和夏娃的传说

永不沉默，哪怕一秒钟

我追悼死去的婴儿

追悼那位孩子

是牧师是仆人，

是那言、歌手和舌头

小小颅骨的灰烬，

是那条蛇那一夜的堕落

仿佛太阳[1]的那枚禁果，

男人和女人的堕落，

捏碎太初重回黑暗

像旷野花园里

光秃秃的苗圃。

1　原文"sun"（太阳），与"圣子"语义双关。

3

随同管风琴发出的乐音

飘向大教堂光亮的尖顶

飘入风向标炙热的尖嘴

荡漾在十二级风缠绕的中心,

飘入焚毁时刻的死亡钟点

越过安息日的骨灰瓮

越过黎明飞旋的沟壑

越过圣子的小屋和烈焰下的贫民窟

以及弥漫在安魂弥撒曲中金色人行道

融入圣像的坩埚[1]

融入麦地火焰里的那块饼,

融入白兰地般燃烧的葡萄酒,

大海般的弥撒[2]

大海般的弥撒

弥撒曲弥漫孕育圣婴的大海

喷泉般迸发无穷无尽的欢呼

---

[1] "坩埚"(cauldrons),童话故事中巫师用来以施符咒的用品。
[2] 弥撒(mass),基督教纪念耶稣救赎的宗教仪式,也指圣咏的弥撒曲。

荣耀荣耀荣耀

创世[1]的轰鸣分离终极的国度[2]。

---

1 原文"genesis"(创世),典出《圣经·旧约·创世记》,小语境也指"怀孕与诞生"。
2 "荣耀荣耀荣耀/创世的轰鸣分离终极的国度"(Glory glory glory / The sundering ultimate kingdom of genesis' thunder),典出《圣经·新约·马太福音》6:10-13"主祷文":"愿你的天国降临……因为国度、权柄、荣耀,皆属于你,直到永远"(Thy kingdom come...For thine is the kingdom, and the power, and the glory, for ever)。16世纪后,天主教《圣经》不鼓励重复这两句,但在弥撒念完《天主经》后依然保留"天下万国,普世权威,一切荣耀,永归于你"。

从 前 [1]

1

从前,

当我的肉身扣住灵魂量身裁衣

一口咬紧[2],

分期赊购[3]的西服

支付首期的困苦,

自我偿还自我奴役为时已晚,

一身为爱磨损的裤子和起泡的夹克

趴在啪啪作响的炉灰坑沿

我与鸟群在洞穴劳作,

獒犬套上颈圈

酒窖和小店装点流苏一新

---

1 1939年12月写于斯旺西,诗人回到家乡,回顾往日的青春岁月写下此诗,1940年3月发表于《今日文学与生活》。诗题 *Once Below a Time* 是"once upon a time"(从前)的镜像句,一种超常搭配的讲故事或叙述过去的开场白,详见《羊齿山》一诗的注释。
2 "一口咬紧"(bite),为第一节的关键动词。
3 "分期赊购"(serial sum),一种购物方式。

或者妆扮一位吞云者[1],

随后搭上汹涌海域里的软木瓶塞船,
水手,不合透视比例,
穿上普通的衣服,伪装片片鳞甲,
像一位男神穿上涉水的裙摆,
我惊扰就座的裁缝,
我回拨钟表面对裁缝[2]

随后卖弄一身浓密熊帽和燕尾[3],
抖动炙热的羽叶,
跳离袋鼠[4]涉足的土地,
那寂静寒冷的中心,
追踪寒霜侵蚀的织物,

---

1 "吞云者"(cloud swallower),仿自"吞剑者"(sword-swallower)。
2 "我回拨钟表面对裁缝"(I set back the clock faced tailors),一种超现实的表达法,参见《忧伤的时光贼子》一诗中的"面对时光的骗子"(time-faced crook)注释。"裁缝"有一把"命运之剪",量体裁衣,缝制生命之衣,隐喻掌控生死的能力,参见《二十四年》《时光,像一座奔跑的坟墓》两首诗里的注释。
3 "一身(浓密)熊帽和燕尾"(in bear wig and tails),指的是"一身黑高帽燕尾服"。
4 "袋鼠"(kangaroo),典出劳伦斯的名诗《袋鼠》(*Kangaroo*)。

穿越威尔士傻大个的坚硬外皮[1],

我一跃而起惊起

下蹲人[2]闪亮的针形石[3],

简陋简洁商号[4]的叫卖人

名声显赫的漏针法[5]。

2

我傻傻的西服,几乎无法忍受,

随身带上运送棺木的

鸟人[6]或悬吊书中的阴魂。

猫头鹰兜帽,头蓬外套,

交叠的爪,腐烂的头藏进

---

1 "威尔士傻大个的坚硬外皮"(the lubber crust of Wales),一种语义双关的文字游戏,"W(h)ales"蕴涵"威尔士"与"鲸鱼","(b)lubber"蕴含"傻大个"与"鲸脂"。
2 "下蹲人"(squatters),指的是裁缝。
3 "闪亮的针形石"(the flashing needle rock),指的是针形灯塔。
4 "简陋简洁商号"(Shabby and Shorten),一家虚构的裁剪赝品成衣商号,头韵体命名。
5 原文"stitch droppers"(漏针法),出自习语"drop a stitch"(漏织一针)。
6 "鸟人"(birdman),双关语,"飞行员"与"单人飞行器"。

洞穴，我相信，骗骗造物主，

裁缝主人栖息云间，神经替代棉线。
我拍动翅膀，在传说中的古老海域，
鹿角梳理毛发，哥伦布激情奋发，
我为偶像裁缝的眼神穿透，
怒目扫过鲨鱼面具，引航的船首，
南森[1]冰冷的嘴，一满舱的奖章，

转向一位衣着平平的男孩，
聪明的伪装者，花花公子漂泊大海，
干枯的肉身，待装饰的土地和眠床。
淹没在附近预先订制的水域妙不可言，
戴上樱桃色耳环，翠绿如海藻，
召唤孩子的声音传自蹼足的石块，
绝不绝不哦绝不因裂臂戴佩号角
而后悔，我在波涛下轰鸣。

此刻裸露一览无余，我愿意躺下，
躺下，躺下休息
生命静如尸骨。

---
[1] 南森（Fridtjof Nansen, 1861—1930），挪威北极探险家、博物学家，1922年诺贝尔和平奖获得者。

当我醒来 [1]

当我醒来,小镇开口说话。

鸟群、时钟和十字铃 [2]

在簇拥的人群旁聒噪,

爬虫浪子在火焰里,

拨弄、掠夺人们的梦乡,

毗邻的大海驱散

蛙群、恶魔和厄运女子,

一个男人在门外拿起钩镰

朝向血涌的头颅,

切断整个早晨,

时光重重的温情血脉

和他雕自书卷的长须

猛劈最后那条蛇

仿佛一根魔杖或隐枝,

它的舌头蜕下一层叶子。

---

[1] 写于1939年6—9月间,1939年秋发表于《七》,收录于诗集《死亡与入场》。一首预感二战爆发的诗篇。
[2] "十字铃"(cross bells),一种带有十字的铃铛,源自基督教的圣诞挂件。

每天早晨，我，卧床之神，

在水面行走[1]后，

创造善与恶[2]，

死亡窥探气息不匀的

猛犸和麻雀

落到众人的大地。

飞鸟如树叶飘荡，小船如水鸭漂浮，

今天早晨，我一觉醒来

听见一阵陡立的广播声

反向突破小镇的喧嚣，

我绝非先知的后裔，

哭喊我的滨海小镇即将毁灭[3]。

不见时钟定点报时，不见上帝敲响丧钟，

我拉下白色的尸布覆盖岛屿，

硬币遮盖我的眼睑，仿佛贝壳在歌唱。

---

1 "在水面行走"（a water-face walk），典出《圣经·新约·约翰福音》6:19"耶稣在（加利利海）湖面上行走"的圣迹。
2 原文"I make, / God in bed, good and bad"（我，卧床之神，/ 创造善与恶）为前后句的谐音戏仿，但基于《圣经》的隐喻。
3 原文"breaking"，为"毁灭"和"破晓"的双关语。

黎明空袭中有位百岁老人丧身[1]

当黎明在战争中被惊醒

他穿好衣服,步出家门就死去,

松垮的门锁打着哈欠,被一声爆炸声轰开,

他倒在钟爱的人行道上,碎石飞溅,

惨遭杀戮的地面化作葬礼上飞舞的尘埃。

告诉躺下的街道,他终结了一颗太阳[2],

弹坑般的眼窝长出春芽和火焰

此刻,所有的钥匙从锁芯弹出,轰然爆响。

别再为他灰发苍老的心锁挖掘。

伤口[3]招来天国的救护车,云集一处

等待那把铁锹在他胸腔[4]里回响。

哦,让他的遗骸远离那辆常用的运尸车,

黎明在他岁月的翅膀上飞翔,

一百只送子鹳[5]在太阳的右手栖息。

---

1 写于1941年夏,同年8月发表于《今日文学与生活》。一首挽歌哀悼1941年那场空袭的受害者。
2 此句及末句的"sun"(太阳)与"son"(圣子)谐音双关。
3 "伤口"(wound),指耶稣救赎的"伤口"。
4 原文"cage",为"ribcage",指"胸腔,肋骨"。
5 原文"stork"(鹳鸟),在欧洲相传白鹳为送子鸟;也体现诗人自然的生死进程观。

静静地躺下，安然入睡[1]

静静地躺下，安然入睡，受难者[2]
喉咙的伤口火烧火燎。彻夜漂浮
在寂静的海面[3]，我们听到了
一阵轰鸣传自盐帆[4]包扎的伤口。

我们在一哩[5]外的月光下瑟瑟发抖，
倾听大海奔流，像鲜血流出喧闹的伤口，

---

1 写于1944—1945年间，1945年发表于《今日文学与生活》，收录于诗集《死亡与入场》。此时英国刚经历"大西洋海战"遭鱼雷攻击的灾难。此诗将二战的苦难与个人的苦痛交织在一起，从个人家庭的痛苦延伸到对人类苦难境遇的关怀。
2 原文"sufferer"（受难者），有双重的背景，既指诗人的父亲患有喉癌，也指二战中"大西洋海战"遭鱼雷攻击而阵亡的水手。
3 原文"silent sea"（寂静的海面），典出英国诗人柯勒律治（Samuel Tayor Coleridge，1772—1834）的《古舟子咏》（*The Rime of the Ancient Mariner*）：我们是第一批闯入/这寂静的海面（We were the first that ever burst / Into that silent sea）。
4 原文"salt sheet"（盐帆）指绷带，"sheet"语义双关，可指"风帆""帆绳""床单""纸页"等。
5 哩，指英里。1哩约合1609米。

当盐帆在风暴般的歌声中崩裂,

所有溺水者的呼喊[1]逆风游动。

缓慢而忧伤的航行[2]打开一条通道,

顶着风敞开漂泊船队[3]的大门,

我的航行始于伤口又归于伤口,

我们听到大海的歌声,目睹盐帆的倾诉。

静静地躺下,安然入睡,嘴藏进喉咙,

我们抑或顺从,与你一起穿过溺水者。

---

1 原文"The voices of all the drowned"(所有溺水者的呼喊),指古希腊神话中的海妖塞壬或德国民间传说中的莱茵河女妖罗蕾莱(Lorelei),惯以美妙的歌声引诱水手,致使船只触礁而亡。"溺水者"(the drowned)典出《圣经·新约·启示录》20:13"于是海交出其中的死人",接受最后的审判而迈向新天新地,参见《心灵气象的进程》一诗的注释。

2 原文"slow sad sail"(缓慢而忧伤的航行)典出凯尔特传说中仙女们将亚瑟王尸体移往阿瓦隆岛(Avalon)之旅。

3 原文"the wandering boat"(漂泊船队)典出荷马史诗《奥德赛》中奥德修斯(Odysseus)的漂泊之旅。

愿景与祈祷[1][i]

1

你

是谁

你究竟

是谁诞生在

隔壁的内室里[ii]

对着我大声地喧哗

我听到子宫正徐徐张开

黑暗弥漫圣灵和降生的儿子

隐匿墙后你瘦小犹如鹪鹩的身骨[iii]?

此处血淋淋出生地一点不为

燃烧而转向的时光所知晓

人心的印迹绝不会

替野孩子洗礼[iv]

黑暗茫茫

独自赐

福于

他。

1　为还原排版,故将诗中注释统一放在末尾。——编注

我

必须

悄悄地

静卧磐石

在鹧鹈身骨旁

墙内听闻母亲呜咽

而伤痛在脑袋留下阴影

产下明日犹如一根小小荆棘 ᵛ

神迹的接生婆为之日日夜夜歌唱

直至混乱而失控的新生为我

点燃他的名和火带翅的墙

毁在炙热的王冠旁

黑暗挺起身子

从耻骨到

无比明

亮的

光。

当

鹡鸰

还在独自

扭动着身骨

那第一缕的曙光

为他的溪流所激怒

一窝蜂地蜂拥而至王国

天堂养蛇男孩和戏水的少女 [vi]

她生养了他口含一团燃起的篝火

她摇动他仿佛摇起一阵风暴

我一路奔跑突然迷失于

恐惧远离罩中内室

闪耀哭闹失效

他的热吻像

热腾腾的

一口

锅

在

穹顶

炫目的

太阳光下

在他一对翅翼

刮起流沫的飓风下

我对着雨中的君王哭喊

我迷失于他首次狂暴的血流

迷失于对他闪电般的崇敬与爱慕

悲凉而返死寂的感伤和哀痛

我迷失于避难所目瞪口呆

我寻找到一位牧羊人

此刻烈日当空 [vii]

他的伤封住

我大声哭

喊的

嘴。

我

赤身

裸体地

独自蹲伏

在他那神殿般

炙热而闪耀的胸膛

我将为最后审判日唤醒

那解禁的海床胀开的疯人院

呼呼作响的墓穴像云彩一般爬升

而一再道别的尘土溯流而上

每一粒都燃起他的火焰

哦螺旋般升腾出自

人类清晨所见

秃鹫之瓮

此刻的

大地

和

那

一度

降生的

汹涌大海

不断颂扬太阳

寻找到一位牧羊人

直立的亚当人类的始祖 [viii]

在起源地颂唱那万物的诞生!

哦展开翅膀演练飞翔的孩子们!

远古的先人们朝向永恒的伤口飞翔

打自层层湮灭的峡谷永葆青春!

跨越天空终究在争斗中消亡!

在此愿景中遇见了圣人!

世界蜿蜒地返回家!

那痛苦的全程

畅快淋漓地

流淌而我

极乐而

亡。

2

以迷失的羔羊之名颂赞他们荣耀

猪一般追逐那地面上的腐肉

群鸟在葬礼上唱着歌谣

何等沉重承受溺亡

和翠绿的尘埃

承受孕育

不灭的

圣灵

源

自那

大地上

黏滑鸟嘴

仿若花粉般的

黑色羽毛我谨在此

向你祷告尽管我并非是

全然同属于哀悼的众弟兄们

却因欢喜已然浸入我心骨的骨髓。

此刻他领悟到圣母阳光般和月光

般的乳汁或许他在双唇花开

般绽放闪耀之前已哑然

回到了鹡鸰的身骨

墙后那血淋淋

诞生之所

而子宫

孕育

为

众生

所爱慕

婴儿之光

或耀眼的监狱

因他即将到来而打

哈欠以荡妇之名迷失在

那未曾获洗礼而得名的山岗

在这黑漆漆的中心我一再恳求他

他让逝者就此安息尽管他们悲叹

他用一双荆棘之手升腾他们

抵达他伤痛世界的圣殿

而那座滴血的花园

容忍园中之石

在黑暗沉睡

深处的

基石

唤

不醒

那心骨

却让其崩裂

在山岗的峰顶

也未曾受阳光光顾

跳动的尘埃终将被吹落

到冥河下沉浮并在地面生根

在黑漆漆的夜幕下永远不断坠落。

永远不断坠落的夜晚是一颗明亮

之星也是众多入眠者的家园

我鸣响他们舌头哀悼主

他淹没的光芒穿越

那海洋和大地

我们终于

知晓了

所有

的

住所

道路及

迷宫走廊

城区以及不尽

坠落的墓穴那制图

入眠的平民拉撒路此刻 [ix]

祷告不愿醒来起身因为死亡

所在的国度即为他们内心之思域

迷途者之星即为明亮的眼眸之形。

谨以无父者之名以婴灵之名

以无欲无求的接生婆之

清晨圣手或器械

之名祷告哦

此刻谨以

无名者

之名

或

我即

无名者

在此祷告

愿绯红色太阳

随之纺出一抹墓灰

愿黏土的色泽涂抹他的

殉难处在此深度解读的夜晚

在此以黑暗知名的这片大地阿门。

我翻到了祈祷文一角在太阳突然

升起的祝福声中燃尽了自己

以你那曾被诅咒者之名

我转身跑入隐匿地

而轰鸣的太阳

施洗命名

明亮的

天空

我

终于

不得不

为人发现

哦让主烫伤我

溺我于世界的伤口

主以闪电回应我的呼喊

我的声音在他手心燃烧此刻

我迷失于浑一太阳呼啸结束祷告。

i 完稿于 1944 年，次年 1 月发表于《地平线》，后收录于诗集《死亡与入场》。原诗由 12 节 17 行组成，两组六节玄学派具象诗；一组祭坛形（或称钻石、子宫、泪滴、菱形），另一组圣杯形（或称翅翼、沙漏、梭匣、十字架、斧头、酒壶形）。《愿景与祈祷》指向《圣经·新约·启示录》最后审判日的祷告与天国的愿景，第一组六节借基督的"胚胎诗"暗喻诗歌/诗人的生生死死，第二组六节则由三篇非正统的祈祷文构成。两组具象诗出现的"son"（圣子）和"sun"（太阳），语义双关，谐音通用，均指向基督，当然也可作非基督教的阐释——诗人大儿子的出生。

ii "在隔壁的内室"（In the next room），典出德国诗人里尔克（Rainer Maria Rilke, 1875—1926）的诗歌《哦，主啊，我的邻人》（*Du Nachbar Gott*），描述"上帝在隔壁的内室诞生"，诗中指向三位一体的"上帝""耶稣"和"圣灵"的诞生。

iii "鹪鹩的身骨"（wren's bone），狄兰·托马斯笔下的"骨"往往指向性与死亡；而鸟的"身骨"预示下组六节飞翔型"翅翼"。

iv "野孩子"（wild child），也可指向诗人或诗篇。

v "荆棘"（thorn），指代下方的"王冠"。

vi "天堂"指向"子宫"。

vii 原文"the high noon"，语义双关指向"正午，烈日当空"和"关键时刻"。

viii 原文"upright Adam"（直立的亚当），暗喻"勃起的阴茎"。

ix 拉撒路（Lazarus），《圣经·旧约·约翰福音》里的人物，耶稣让死去的拉撒路复活。

秀腿诱饵的歌谣[1]

船头向下滑行,海岸线
因鸟群而幽暗,最后看一眼
他蓝鲸眼眸和逆风飞扬的头发;
小镇踏响卵石,祝好运连连。

随后向船老大道一声再见
起锚的渔船,自如迅捷
宛如鸟儿翔飞在大海之上,
钩住桅杆之巅,孤立又无望[2],

---

[1] 一首写于1941年混合原型象征、蕴含多层寓言的海钓式猎艳歌谣,一首诗人写得最长、最令人瞩目、耐人解读的诗篇。创作灵感源自英国诗人柯勒律治的《古舟子咏》、法国诗人兰波的《醉舟》和英国玄学派诗人约翰·多恩的《诱饵》。此诗在1941年7月发表在《地平线》,1943年收于诗集《死亡与入场》。54节歌谣体四行诗,交替使用abcb, abca, abac, abab韵式,既有间韵,也有交韵,歌谣体诗节原文每行三至五音步不等,译诗从三—四音步破格至三—六音步,韵脚整体大致保持"歌谣体"间韵、交韵或抱韵模式,头韵、行间韵随意为之。
[2] 原文"high and dry"(孤立又无望)是习语"陷入困境",也是一种"杜松子"的酒名。

低声的道别漫过柔情的沙滩

防护堤在码头尤为耀眼。

看我的薄面启航吧,永不回头,

展望的大地说。

船帆饮着风,白净如奶

他展身进入畅饮的黑暗;

太阳[1]失事,西挂于珍珠上

月亮游出了遗骸。

纷乱相向的烟管和桅杆。

再见,长海腿的甲板[2]上的人

再见,绕轴颂唱的金钓线

再见,偷偷蹦出麻袋的鱼饵,

我们见他将女孩扔进洪流

鱼钩活生生穿过她的双唇[3];

---

[1] 在狄兰·托马斯笔下,"sun"(太阳)与"son"(圣子)谐音通用。
[2] "长海腿的甲板"(the sea-legged deck),一个超现实的意象,喻常年在海上漂泊的"渔船"。
[3] "鱼钩活生生地穿过她的双唇",英国威尔士卡马森郡流传"有人在塔夫河钩住美人鱼双唇"的传说。

所有鱼儿[1]都染上了血,
稀疏的渔船说。

再见,烟管和烟囱,
老妇人在烟熏的炉边纺着线,
他视而不见蜡烛的眼睛
面向窗口祈祷的波涛

却听见鱼饵在尾迹中挣扎,
且与一群求欢者厮打。
此刻抛下你的鱼竿[2],只因
大海掀起大山一般的鲸群[3],

她在海马和天使鱼[4]间渴望,
彩虹鱼随她躬身欢跳,
漂起海上的浮标

---

1 "鱼儿",在基督教文化传统中代表"耶稣",是早期教会聚会的符号,"耶稣基督"以身"染血",旨在救赎世人,"圣子"由此也是世上的"渔夫"。
2 原文"rod"一词内涵丰富,既指捕鱼的"鱼竿",也隐喻生殖崇拜的"阴茎",更是圣歌中赞美的"魔杖"。
3 原文"whales"(鲸群)在诗人狄兰·托马斯笔下谐音双关"Wales"(威尔士)。
4 原文"horses and angels",指"seahorses and angelfishes"(海马和天使鱼)。

摇动迷失教堂的晚钟。

铁锚宛如一只海鸥，驰骋
月色迷乱之船数海里后，
暴风般的鸟群悲鸣地落下，
云送来了雨，刮自喉口；

他看见暴风雨弥漫开来绞杀，
携冒烟的船头，冰封的撞角，
向星光开火，抚平耶稣的血流；
水面不见任何光的闪耀

除了油和气泡状的月亮，
诱惑之鱼跳下，刺破航线
水沫之下，鱼饵
一吻见证一切。

尾随的鲸鱼，如海岬，如阿尔卑斯
震得大海发晕，深拱嘴鼻，
深拱大鱼饵草木丛生[1]的雨唇

---

1 原文"bushed bait"既指"草木丛生的"诱饵，也指诱饵的耻骨"阴毛丛生"。

那些座头鲸划动着鱼鳍[1]

一次交替游逃离他们的恋人。
哦,耶利哥[2]坍塌在他们的肺里!
她掐着咬着,跳入爱的豁口,
像一只秀腿的球[3]旋转在喷口[4]

直到每头野兽号叫在转弯处
直到每只海龟外壳均被压破
直到每块尸骨在奔跑的坟墓[5]
升腾,报晓又垂落!

祝您好运,那只压竿之手,
拇指之下必有雷电;

---

1 此诗节原文大量使用头韵【s】【w】、行间韵【i】(或【iː】)【ei】,并在行尾安排辅音尾韵,译诗也在"斯""鼻""鳍""鲸鱼""鱼饵""雨唇""鱼鳍"处做出相应的弥补。
2 耶利哥(Jericho),位于巴勒斯坦的一座古城,据《圣经》记载,号角声声,遭以色列人征服而毁灭,是一座被神诅咒的城市。
3 原文"ball",语义双关"球"和"舞会"。
4 原文"spout",语义双关"喷口"与鲸鱼呼吸孔喷出的"水柱"。
5 "奔跑的坟墓",参见《时光,像一座奔跑的坟墓》一诗里的注释。

金钓线是一条闪电线，

他炽热的卷轴唱出了火焰，

旋转的船儿燃起他的血

呼喊，从渔网到刀刃，

哦，鸥群和那一整船的鸟群

哦，比斯开湾[1]的雄鲸们

在绿荫下生养他们的崽子，

遮掩妻女迷人的秀腿鱼饵。

突发坏消息，帆布上涂抹

浪尖上宏大的婚礼，

那喷射越过尾迹上的防水板

越过地面花园

撞毁海豚翻腾的岁月，

桅杆是我钟声萦绕的塔尖，

撞击，抚慰，我的甲板鼓声大作，

唱着歌穿过流水诉说的船头

章鱼出入她的肢体

---

[1] 比斯开湾（Biscay），位于法国与西班牙之间。

极地之鹰交尾在雪地。

从咸唇的鸟嘴到臀尾的蹬踢
颂唱的海豹多想吻死她!
此时此刻的秀腿新娘
漂上残酷的旧眠床。

越过水中的山林墓地
和水下的长廊
夜莺和鬣狗
欢庆那场漂移的死亡

唱着吼着穿过沙洲和海葵谷
以及贝壳里的撒哈拉,
哦,所有饥渴的肉体成敌
贝壳女孩被扔向大海

水一样陈旧,鳗一样朴实[1];
永远作别秀腿样的面饼
撒播在他脚下踩踏的小径
只因咸鸟,飞来飞去觅食

---

[1] "水一样陈旧,鳗一样朴实"(old as water and plain as an eel),有评论说此行描写猎艳"交媾后的落寞"。

鸟嘴里的长谷粒泛起白沫；
永远作别一脸的星火，
螃蟹在海床相掩死者起身
躲避她的眼眸，

凝视被盲目钳制，冷若冻雨。
眼睑下的诱惑者
向入睡的自我展示裸女
桅杆般高挑，月光般白净

随我心愿，羞于启齿般可爱
随新娘的火焰哑然消逝。
苏珊娜[1]溺毙于蓄须的溪流
无人敢在示巴[2]女王之榻发情

除了潮汐般饥渴的国王；

---

1 苏珊娜（Susannah），《圣经》伪经中的人物，说有两位蓄须的老者在偷看苏珊娜洗澡。
2 示巴（Sheba），阿拉伯半岛赛伯伊人居住的古国。《圣经·旧约·列王记上》10:13记载"示巴女王一切所要所求的，所罗门王都送给她"。

罪孽长有一副妇人[1]之形

睡到死寂[2]飘上一朵云

所有抬升的水域上涨漫流。

路西法[3]，这鸟儿的坠落

出了北方的边界

已然熔化消逝，永远

迷失在她棺椁里的[4]气息，

维纳斯[5]星星般撞入她伤口[6]

而肉欲的毁灭

造就了液态世界的季节，

---

1 此处的"妇人"指的是"大利拉"，《圣经·旧约》中大力士参孙的情妇。
2 原文大写"Silence"（死寂），典出英国诗人柯勒律治《古舟子咏》："我们是第一批闯入 / 这死寂的海面"（We were the first that ever burst / Into that silent sea）。
3 原文"Lucifer"，既指"启明星"，也指"路西法"，魔王大天使，在《圣经·旧约·以赛亚书》中想要与上帝平起平坐的巴比伦国王。
4 原文"vaulted"是子宫、墓穴棺椁和教堂共有的"拱形"特征。
5 原文"Venus"，既指"金星"，黄昏之星；又指"维纳斯"，爱与美的女神，也管辖情人间的爱欲。
6 "伤口"（wound）双关语，另指"阴道"。

黑暗弹出白光[1]。

永远作别,传自贝壳的哭喊,
就此作别抛下的肉欲
渔夫收紧鱼线
也不过是幽灵的欲望。

祝好运连连,赞美羽化之鳍
天黑之鸟和谈笑之鱼
当风帆饮尽阵阵雷雹
拖尾的闪电点亮了猎物。

船儿驶入六年来的气象[2],
风刮出影,冻得紧。
看吧,从峡谷和长廊
金钓线拉出好美妙的波峰!

看啦,紧抓住头发和颅骨
像掠过的船一展畅饮的翅翼!

1　原文"White springs in the dark"(黑暗弹出白光),"springs"作动词理解,若作名词解,则是一副超现实的画面。
2　"六年来的气象"(the six-year weather),指托马斯夫妇结识已达六年。

大雨中，雕像默然而立，
碎片如丘陵剥落。

唱啦，拖拉一大网的鱼
雪光一闪，翻越了船帮！
湿漉漉的甲板，奇迹连连。
哦，神奇鱼群！死咬住不放！

出了骨灰瓮[1]，人一样大小
出了内室，他的烦恼一样沉
出了容得下小镇的房子
一块化石般的大陆

一个个，披着尘埃和披肩，
面对虫豸，回声般干枯，
他的父辈抓紧女孩的手
死亡之手引领过去，

引领他们像孩子，像空气
登上盲目晃动的桅顶；
后梳头发几个世纪

---

1 原文"urn"（瓮），融合生死的"子宫"与"坟墓"。

老人们借着新生嘴唇歌唱:

时光又产下一位儿子。
剿灭时光!她痛苦地转身!
橡树被砍倒在橡子里
尚在蛋卵,鹰就杀死鹪鹩。

他[1]曾刮入一场大火
毁于嘶嘶作响的火焰
或在傍晚时分行走地面[2]
数点过谷粒的背叛

如今抓紧她漂移的头发,爬行;
他也曾教她们用嘴唇歌唱
如今像升起的太阳,在部落
流动的唱诗班里哭泣。

鱼竿低垂,探测大地,
缓缓地游过割裂的水域

1　此处"他"(He),指"耶和华"。
2　"在傍晚时分行走地面"(walked on the earth in the evening),典出《圣经·旧约·创世记》3:8:"傍晚,天起了凉风,耶和华在园中行走",知晓亚当与夏娃偷吃禁果。

一座花园握紧她的手
握住飞禽和牲畜

握住男人、女人和瀑布
漩涡里的船木,又凉又枯
蒙着面发呆,静卧于草地
沙滩盛传处女膝下的传说

先知们咆哮于燃烧的沙丘;
虫豸和山谷抱紧她的腿,
时间和地点握紧她的胸骨,
她正打破季节和云彩;

淡水迂回追踪她的手腕,
浑圆的石,漂移的鱼
巨浪上下起伏
一条河独自呼吸奔流;

急拉钓线,颂唱海域的捕获物
汹涌的波涛播撒大麦,
牛群被赶进水沫放牧,
山峦踏遍海浪而去,

野生的海马,浸泡的缰绳
咸涩的小马驹,奔跑如风
所有他奇迹般牵引的马群
疾驰而过绿色拱形的农场,

又随海鸥一路小跑,飞奔
鬃毛响彻雷电霹雳之声。
哦,罗马,索多玛-陀摩拉[1],伦敦
乡村潮卵石般铺满小镇,

尖塔刺过她肩上的云彩
和渔夫梳理的街道
当秀腿肉饵化为着火的风
耻骨区即是围猎的火焰

盘绕她的毛发通衢
楞是活生生地引领他回家
引领她的浪子[2]返回恐惧,

---

[1] 索多玛-蛾摩拉(Sodom and Gomorrah),典出《圣经·旧约·创世记》,两座遭上帝毁灭的罪恶之城。原诗中的"Tomorrah"(陀摩拉)是戏仿"Gomorrah"(蛾摩拉)。
[2] "浪子"(prodigal),典出《圣经·新约·路加福音》15"浪子回家,父亲宰牛"的故事。

回到狂暴杀牛的爱之窝。

向下，向下，向下，坠入地下，
坠入漂浮的村庄，
翻转月光潮汐下，为水所伤的
鱼群大都会，

除了大海之声，啥也没留下，
喧闹的大海在地下行走，
船儿在果园的病榻渐渐消失
鱼饵淹死在干草堆下，

大地，大地，大地，啥也没留下
除了演讲节奏，大海成名的节奏，
进入饶舌的七大墓穴[1]。
船锚潜水穿过教堂的基座[2]。

---

1 "七大墓穴"（seven tombs），指七大洋，但诗人狄兰·托马斯"进程诗学"里的"墓穴"（tomb）与"子宫"（womb）是生死互换的。
2 "教堂的基座"（the floor of a church），象征"猎艳"终究受到清教徒的道德约束，诗篇最终转向宗教寻求出路。

再见，祝您好运，映着[1]太阳和月亮，

作别迷失于大地的渔夫。

他独自站在家门旁，

手捧一颗长腿的心[2]。

---

1 原文"strike"，一词多义，在诗中以"撞击；急拉钓线；映照"等词义出现。
2 "长腿的心"（long-legged heart），既能带他回家，也表示随时再出发。

神圣的春天[1]

哦

出了爱之床

不朽的医院再次出手抚慰

倒计时垂危的肉体,

此刻的毁灭[2]及其缘由

越过刺甲围猎的海面,假设有一支部队

扫平我们的伤口和房屋,

我攀缘而上,迎接这场战争,变得冷酷无情

除了我感激那片黑暗[3]的亮光,

祈求忏悔者及更聪慧的镜子,在上帝石化之夜后

不见任何一丝微光

而我为阳光所打动,孤寂宛如神圣的造物主。

别去

赞美春光下的一切

---

1 写于1944年11月,1945年1月发表于《地平线》。一首战争时期关于爱情与婚姻的诗篇。
2 "毁灭"(ruin),不仅仅指二战的毁灭。
3 "黑暗"(dark)及隔行的"石化"(stoned)。均指向死亡。

加百列[1]带来喜讯，灌木丛灿烂[2]，仿佛黎明
快乐地漫过忧伤的柴火，
大滴大滴炙热的眼泪在哭墙上渐渐冷却，
我浪子般升起的太阳，
我的天父，他的战栗饱含婴儿般纯真的火焰，
祝福，热忱地祝福，
定当孤身承受不宁的寂静，独自
在人类果壳般的家园歌唱，
在母亲和神圣春天下坍塌的房室歌唱，
哪怕是最后一次。

---

[1] 加百列（Gabriel），典出《圣经·新约·路加福音》1:26-38 的天使，向约翰传递其妻玛利亚怀有圣子耶稣。
[2] "灌木丛灿烂"（radiant shrubbery）象征"重生"。

羊齿山 [1]

此刻我重回青春，悠然回到苹果树下 [2]，

身旁是欢快的 [3] 小屋，幸福如青翠的青草 [4]，

---

[1] 1945年9月诗人在威尔士卡马森郡（Carmarthenshire）布兰库姆（Blaencwm）写下这首缅怀纯真年代的《羊齿山》，也伴随成长过程的感伤，详见笔者的著作《狄兰·托马斯诗歌批评本》。同年10月发表于《地平线》，收录于诗集《死亡与入场》。"羊齿山"指安·琼斯姨妈位于斯旺西的农庄，原文"Fern Hill"拆分自"Fernhill"（弗恩希尔），一个英国化的地名。

[2] 原文"now as I was"（此刻我重回），一种句法的悖论，糅合此刻与往昔的开场白；"now"（这时，此刻）可用来讲故事或过去的事情。"young and easy"（青春，悠然），仿自习语"free and easy"（自由自在），用"young"代替"free"，意谓青春年少才能无忧无虑，才能获得充分自由。"under the apple boughs"（苹果树下）典出《圣经·旧约·雅歌》8:5，一种表达男女情爱的委婉语，也是"青春与情欲"的象征。

[3] 原文"lilting"[欢快的，轻快的（曲调）]，一种通感的修辞，小屋的气氛仿佛音乐般美妙，让读者感受到那种快乐的童年时光。

[4] 原文"happy as the grass was green"（幸福如青翠的青草），典出《圣经·旧约·诗篇》103:15，与第5节"happy as the heart is long"（幸福似爱心长相随）一样，"幸福"是一种抽象的难以再现的心境，与具体可感的"青草""爱心"巧妙地联结。这两个带头韵的词组，第一个"the grass was green"译成带头韵的"青翠的青草"，第二个词组的头韵未能译出。狄兰·托马斯的诗歌存在大量的头韵，有些诗行能复原，有些无法做到。

幽谷之上星星布满夜空,

　　时光任我欢呼雀跃

　眼中的盛世一片金黄[1],

我是苹果镇的王子,坐上马车多么荣耀,

从前[2]我拥有树林和绿叶,君王般气派,

　　　一路雏菊和大麦,

　　沿岸是为风吹落的阳光。

我的青葱岁月逍遥,谷仓间声名显赫,

幸福庭院欢歌笑语,农庄仿佛是家园,

　阳光不再青春年少,

　　　时光任我嬉闹,

　蒙受他的恩宠金光闪耀,

我是猎手,我是牧人,青翠又金黄,牛犊唱和

我的号角,山岗上狐狸的吠声清越又清凉,

　　　而安息日的钟声

　　缓缓地漫过圣溪的鹅卵石。

1　原文"golden"(金黄)紧随第二行的"green"(青翠)。"green"贯穿全诗,共出现七次,突显诗歌的主题。如果说"green"代表生机盎然的春天,"golden"则代表收获成熟的秋天。
2　原文"once below a time"是"once upon a time"(从前)的镜像句,一种超常规的词语搭配,这种错位与倒置也符合儿童的心理,参见《从前》一诗的注释。

阳光泼洒一整天[1]，多么明媚可爱，

旷野干草高及屋脊，烟囱腾起旋律[2]，

　　嬉戏的空气，动人又湿润，

　　　　星火，青翠如青草。

　纯真的星空下，夜幕降临，

伴我回家入梦乡，猫头鹰驮着农庄远去，

月光泼洒一整夜，蒙福于马厩，我听到

　　夜鹰衔干草飞翔，马群

　　　　光一般闪入了黑暗。

随后农庄醒来，像位流浪者身披白露

归来，雄鸡立在肩头：那一天阳光普照

　　那一天属于亚当和少女[3]，

　　　　天空再次聚拢

　　那一天太阳浑圆无边。

想必那一定是在淳朴的光诞生之后

1　原文"all the sun long"（阳光泼洒一整天）及同诗节中的"all the moon long"（月光泼洒一整夜），都是一种超常规的偏离语法规则的搭配。
2　"烟囱腾起旋律"（the tunes from the chimneys），一种通感修辞，烟雾升腾仿佛乐音变幻。
3　原文"Adam and maiden"（亚当和少女），"maiden"不一定是夏娃（Eve），也可指巴比伦异教传说中的"狸狸女神"（lilth），强调儿童的天真无邪。

世界初转的地方，出神的马群温情地

  走出低声嘶鸣的绿马厩

    奔向颂扬的旷野[1]。

崭新的云彩飘过快乐小屋，我荣幸无比，

在狐群和雉鸡间漫步，幸福似爱心长相随，

  一遍又一遍在阳光下重生，

    我漫不经心地奔跑，

   心愿越过一屋子高高的干草，

我了无牵挂，与蓝天玩起游戏，时光

寥寥地任其转动旋律，几首晨歌，

  在孩子们从青翠趋于金黄之时，

    只因恩典追随他，

羔羊般洁白的日子里，我了无牵挂，时光

牵着我的手影，随冉冉升起的月光，

  爬上栖满燕子的阁楼[2]，

    也曾无心入眠，

---

1 "颂扬的旷野"（fields of praise），实指"羊齿山"农庄里的草坪，虚指基督教世界的伊甸园，也指古希腊传说中的埃律西昂田野（the Elysian Fields），异教徒心目中的极乐世界。
2 "栖满燕子的阁楼"（the swallow thronged loft），夏末燕子准备迁徙，象征着一个时代的结束。

我听到他随旷野高飞，

醒来发现，农庄永远逃离无儿无女的土地。

哦，我也曾青春年少，蒙受他的恩宠，

  时光握住我的青翠与死亡

  纵然我随大海般的潮汐而歌唱[1]。

---

1 原文"though I sang in my chains like the sea"（纵然我随大海般的潮汐而歌唱），"chains"指的是受月亮引力牵制而形成的潮汐，也有人理解为"锁链"。

梦中的乡村[1]

1

别害怕,我的女孩,四处一路驰骋
流连于炉边拼读童话入梦的原野,
别相信,那裹着羊白色头巾的狼
轻快地奔跑,快乐又粗哑地咩咩叫着,
   我的心肝宝贝,
跳出落叶铺地的狼窝,在露水浸润的日子
窜入玫瑰色的林中小屋吞食你的心[2]。

睡吧,慢慢地酣然入睡,聪明点少拼读,
我的女孩夜间漫游乡村童话里的州郡
和玫瑰:牧鹅人或猪倌变不成农家小院里的国王

---

[1] 写于1947年5—7月间,同年12月发表于《地平线》(英国)和《大西洋》(*Atlantic*,美国),后收录于诗集《梦中的乡村》(1952)。这是诗人狄兰·托马斯作为父亲给女儿艾珑(Aeronwy Bryn Thomas)献爱心的一首诗。
[2] 原文"To eat your heart"(吞食你的心),出自但丁《新生》中的第一首十四行诗。

或变成火一般热烈的哈姆雷特
　　　　冰王子般冷酷,
拂晓前设法骗取你蜜糖般的心
杂木林般围绕的男孩和雄鹅,尖刺般发狂,

天真的谎言不会在扎根的幽谷打桩
求欢,更不会在我骑手哭泣的羽毛间破裂。
羊齿草一再替你挡开女巫扫帚上的泡沫,
乡间的花朵入眠,绿林默然守护。
　　　快躺下得安慰,
安然滑离灯芯草丛呼呼的风声。
我的女孩,除非船尾的钟声摇你入梦乡

别相信或别害怕,乡间的影子或咒语
在你四处一路驰骋时,耙犁雪扫你的血,
因为谁会怯懦地出没山林寒鸦栖息的屋檐
或隐匿于幽谷月影,除了星光璀璨的井口
　　　月光清越地回荡?
山丘感动天使。夜鸟的赞美飘出
圣徒的牢房,穿越女修道院落叶斑斓的穹顶,知更鸟[1]红胸倚树,月光下闪现三位玛利亚[2]。

至圣所林中动物的眼睛在雨中

水珠般倾诉,最阴森的幽灵猫头鹰

发出不祥的哀鸣。狐狸跪在林地血泊前。

  此刻童话颂扬

星星在草场升起,绿草摇曳的圣桌上

寓言彻夜吃草。永远别害怕

那裹着头巾咩咩叫的狼,更别害怕

长着獠牙的王子,在春情荡漾的农庄

陷入爱的泥潭,却害怕露水般温顺的贼[3]。

神圣的乡村:哦,居住别样的乡村,

  感奋绿色的美好,

玫瑰林中的月光在祷告轮下飘荡

愿鲜花和圣歌庇护你,愿你永远快乐

---

1 "知更鸟"(robin),一种蓝背红胸的美丽小鸟,民间流传与圣婴出世有关,又被称为"上帝之鸟",其"红胸"更被传为沾染十字架上的耶稣之血所致。
2 原文"three Marys",因《圣经》共出现三位玛利亚,除了圣母玛利亚,还有玛利亚玛达肋纳(抹大拉的玛利亚)和贝瑟尼的玛利亚,参见《马太福音》27:56。
3 "贼"(Thief),代表着"死亡"和"悲伤";在基督教中象征"耶稣"或"宗教",典出《圣经·新约·帖撒罗尼迦前书》5:2 和《圣经·新约·启示录》3:3。

欣然就寝。拼读入眠在低矮的小屋,
星光下松鼠窜过小树林、亚麻和茅草:
尽享神的祝福,尽管你搜遍四面疾风,
刮过浇灭的影子和门锁下的吼叫,

   你的誓言冷酷。
然而摆脱了鸟嘴、蛛网的黑暗和树枝的下扑,
可别忘了夜贼偷偷地一路搜寻而来

飞雪般躲躲闪闪,露珠般温顺地飘向荆棘,
今夜以及每一个辽阔的夜晚,船尾的钟声
在塔楼里敲响,在炉边童话的马厩上空
伴我最终的爱步入梦乡;灵魂走过

   修剪一新的水面。
今夜以及你流星般降生后的每个夜晚,
他一路搜寻直到永远,犹如冬雪飘落,

犹如雨滴落下,冰雹击打羊群,宛如山谷迷雾
穿过干草般金黄的马厩,宛如露珠落到苹果树
风车般飞旋的尘土,落到晨叶锤击的岛屿[1]
仿佛星星陨落,仿佛翻飞的苹果籽

   轻轻地滑动,

---

[1] 原文"pounded islands"(锤击的岛屿)指1946年7月1日,美军进行核试验的太平洋马歇尔岛比基尼环礁。

又飘落,鲜花般盛开在我们腰间开裂的伤口,
仿佛世界沉落,旋风般寂静,无声无息[1]。

2

夜晚,驯鹿立于干草堆之上的白云
大鹏鸟[2]的翅翼为集市装饰彩带!
祈祷英雄传奇遍布四方!狂风野兔般
   紧随,白嘴鸦
随高耸的黑教堂鸣叫,一本飞鸟圣典!
红色的狐狸在火一样的雄鸟间燃烧!

夜晚,鸟翅在李树林间翻飞,血脉奔涌!
透过田间的翠花秀叶,血液不停地搏动!
溪流出自夜莺喧鸣的童话里牧师黑腕下
   灌木林和袖口
含霜的蓟丛!幽谷孤魂声嘶力竭地歌唱
松柏丛生的山丘斜披白色的法袍!

---

[1] "旋风般寂静,无声无息"(silent as the cyclone of silence),诗人想象核弹爆炸后的景象。
[2] 原文"roc"(大鹏鸟),《一千零一夜》中描绘的阿拉伯传说中的巨鸟。

在喧闹的童话庭院里，脱脂乳汁
雨点般落入奶桶！血的布道！
血脉响亮的飞鸟！英雄传奇从美人鱼
　　　　跃向六翼天使！
传福音的白嘴鸦！今夜，一切都在诉说
他的降临，狐狸般红火，尾风般诡秘。

音乐的启示！宁静的黑脊海鸥
眼含沙粒翔飞于碧波之上！小马驹掠过
绿意颤动的湖面，寂静的月光马蹄声碎，
　　　　清风尾随而至。
音乐元素创造一大奇迹！
泥土、空气、水和火唱出白色一幕，

我梦中的心肝，头发干草般金黄，眼睛
透着蔚蓝，室内光影浮动，她极为罕见地
驰骋在高高的山岗，尽享神的祝福，
　　　　天空静静地展卧，
划过行星，钟声哭泣，夜晚聚拢她的目光，
不管愿不愿意，夜贼露水般落到死尸上，

只为转动她心中神圣的世界！

诡秘而狡诈,他听到她腰间的伤口绕太阳
转动,仿佛谋划的冬雪,走向我的心肝,
  他确实涌向鲜花
盛开的河岸,像露水流入秩序井然的大海,
他必定要出航,像船形的云朵。哦,

他设法靠近我的心肝,不是窃取她的海潮
梳洗伤口,窃取双眸和燃起的秀发,一路驰骋,
而是窃取她的信仰,每一个辽阔的夜晚
  所祈祷的传奇,
就在昨夜,他带走她的信仰,绝非那么神圣,
当无法无天的太阳醒来时,他又将她遗弃,

让她赤身裸体,哀叹他不会重来。
你信誓旦旦,直到永远,相信还是害怕,
我的心肝,今夜他来了,自从你诞生落地,
  夜晚就永不停息:
你从梦中的乡村醒来,在拂晓和每个初现的黎明,
你的信仰永生不灭,犹如受制的太阳爆发的呐喊。

在约翰爵爷的山岗[1]

在约翰爵爷的山岗,

鹰默然盘旋,映着夕阳[2];

云雾升腾,暮色降临,鹰伸开利爪绞杀

锐利的视线靠近海湾上空翔集的小鸟,

尖叫的小孩与麻雀

戏斗[3]

他们在黄昏嘈杂的树篱天鹅般哀鸣[4]。

他们咯咯地欢叫

---

[1] 写于1949年5—8月间,1949年12月发表于《博特奥斯克》(*Botteghe Oscure*),收录于诗集《梦中的乡村》。一首貌似写给鸟群的挽歌,实为对人类的生死做出最后的审判,"约翰爵爷的山岗"预设为行刑的法官,"鹰"为行刑者,诗人悲悯迷途的"小鸟",祈求上帝的宽恕。站在"约翰爵爷的山岗"可俯瞰拉恩镇的海岬,镇里有一小道抵达镇树木繁茂的山顶,参见《十月献诗》。
[2] 原文"the hawk on fire",鹰并非"着火",而是映着夕阳之火盘旋;也有研究者指向冷战时期"核弹之火"。
[3] 原文"wars"(戏斗;大战),单独成句突显诗人恐惧新的一场世界大战。
[4] 原文"swansing",双关语,既是"天鹅般哀鸣",也与"Swansea"(斯旺西)谐音。

飞到榆树林上火热争斗的刑场[1]

入套的鹰[2]最后

一击，山下觅食的圣鹭悠然潜行

在托依河[3]，垂首于倾斜的墓碑。

一闪，羽毛飘散，

一顶寒鸦的黑帽

戴上公正的约翰爵爷山岗，一阵狂风

掠过托依河上的鱼鳍，鸣叫的鸟群[4]飞往

绞索口映着夕阳的鹰。

那儿

哀伤的鱼鹰涉水觅食在卵石密布的

浅滩和芦荡，

"好了，太好了"，高飞的鹰在呼唤，

---

1 原文"tyburn"（刑场），出自英国伦敦老泰伯恩行刑场，"绞刑架"也叫"tyburn tree"。
2 原文"the noosed hawk"（入套的鹰），执行死刑的"鹰"也入了死亡之局。
3 原文"River Towy"（托依河），位于诗人后期居住的拉恩（Laugharne）小镇，与塔夫河（Afon Taf）一起汇入大海。
4 原文"gulled bird"（鸣叫的鸟群），一种同义双关反复的赘述；另"gulled"又是"鸥鸣的"和"易骗的"双关语。

"快过来受死"[1],

我打开水的页面,翻到圣歌那一节

影子四周沙蟹伸开利螯轻快地爬动

在贝壳内,阅读

死亡清晰如浮铃:

鹰眼的黄昏诵唱,赞美映着夕阳的鹰,

翅翼下沿垂落的导火索蛇信般的火焰,

赐福于海湾

年幼

稚嫩的鸡群以及咯咯欢叫的灌木丛,

"好了,太好了,快过来受死"。

我们哀伤,从此快乐的鸟群离别榆树和石滩,

苍鹭和我,

我年轻的伊索[2],面对靠近鳗鱼谷的夜晚

讲述寓言,圣鹭赞美垂挂贝壳的远方

水晶般的湾谷

---

1 原文"dilly dilly, / Come and be killed"(好了,太好了,/ 快过来受死),出自一首著名的摇篮曲《邦得夫人》(*Mrs Bond*)。
2 伊索(Aesop),公元前6世纪古希腊著名的寓言家。

海船升起风帆[1],

水域停泊处,跃动的岸墙,白鹤亭亭玉立。

苍鹭和我站在审判者约翰爵爷的榆树山岗,

揭秘迷途的

鸟群

犯下不祥的罪孽,上帝听到一腔的哨声

宽恕了它们,

在旋风的宁静中[2],标记麻雀的致意[3],

因灵魂之歌拯救它们。

此刻杂草丛生的岸边,苍鹭哀伤。透过

薄暮下的水窗,我看见侧身低语的苍鹭

映着河水,捕食

在托依河的泪水里,

折断的羽毛雪花般飘舞。只有猫头鹰

哀鸣在劫后的榆树林,一片草叶吹落手心,

---

1 原文"cobbles"为双关语,既指中世纪的商船,也指鹅卵石铺设的船坞。
2 原文"God in his whirlwind silence"(上帝/在旋风的宁静中),出自《圣经·旧约·约伯记》38:1。
3 原文"marks the sparrows hail"(标记麻雀的致意),典出《圣经·新约·马太福音》10:29:"然而麻雀一只也不会掉地上,若非你们天父允许"。"hail"其一为一群麻雀发出的叽叽喳喳声音,其二是向死亡发出的"致意"。

此刻约翰爵爷山岗

不见

稚嫩的雄鸟或雌鸟在啼鸣。苍鸳走上

波光粼粼的洼地,

谱写所有的乐音;我倾听服丧期[1]的河水

缓缓地流动,

在夜晚袭来前,铭记时光摇曳的墓碑上

串串音符,为蒙难的鸟群之灵魂安然出航。

---

[1] 原文"wear-willow"化用自习语"wear the willow"[服丧期;(扎柳环)戴孝]。

生日献诗[1]

  在芥子[2]般的太阳下，
奔流的大河边，起伏的大海旁，
  在鸬鹚掠过的地方，
在鸟嘴般高高挑起的院房，
  鸟儿的鸣叫喋喋不休，
为这段曲弯墓穴的砂粒岁月
  他在庆贺又唾弃
第 35 次转动风向的浮木时光；
  苍鹭螺旋般飞起。

  他的周遭留有比目鱼、
垂死的海鸥冷冷的踪迹，
  它们应约同行，

---

[1] 写于 1949—1951 年间，1952 年 3 月发表于《大西洋》，同年收录于诗集《梦中的乡村》。诗人第 4 首也是最后一首生日诗，1949 年写作时为 35 岁。
[2] 原文 "mustardseed"（芥子，芥菜种），喻"生命之源"，典出《圣经·新约·马太福音》13:32："那芥子是所有种子里最小的，长大了却比各种菜蔬都高，成了一棵树，让空中的飞鸟来它的枝上做窝"。

喧闹的麻鹬在鳗鱼的波涛里
  一路劳作而亡,
诗人在那多嘴多舌的房室,
  敲响生日的丧钟,
辛劳跋涉在他遭伏击的伤口;
  苍鹭、尖塔节节祈福。

随着那蓟花落下,
他向着痛苦歌唱;燕雀飞入
  任意攫取的天空下
鹰爪能及的航线;小鱼儿成群
  滑过狭巷里贝壳
溺亡的船镇,抵达水獭的牧场。
  他在倾毁的房舍
开辟的贸易线上,察觉
  苍鹭着尸布而行,

仿佛漫漫长河里,
小鱼儿的长袍裹起它们祈祷;
  他知道,远在大海上
屈膝卖命,一团蛇云[1]下

---

1 原文"serpent cloud"(蛇云),喻"核战之云"。

即是永恒的尽头，
海豚一跃，翻转海龟的尘埃，
　　泛起涟漪的海豹下潜
杀戮，它们潮水般涂抹的血
　　悠然滑入光滑的嘴。

　　洞内波光摇曳寂静，
白色祈祷随哭泣声敲响丧钟[1]。
　　第35次钟乐齐鸣
敲打颅骨与伤痕，爱失事遇难，
　　引航是那坠落的星星[2]。
明日在失明的笼子里哭泣
　　恐惧爆裂开来
随之锁链因铁锤的火焰开裂
　　爱打开了黑暗

　　他自由地迷失于
无比美好、伟大而敬爱的上帝
　　那美妙而陌生的光。

1　原文"angelus"，天主教在早、中、晚颂念祈祷时鸣响的钟声。
2　原文"falling stars"（坠落的星星），典出《圣经·新约·启示录》6:13："天星坠地，好似过了季节的无花果，被一阵狂风刮落"。"坠落的星星"喻"核弹"。

黑暗是一种方式,光是一处场所,

　　天堂,从未出现,

也永不会出现,却始终存在

　　荆棘丛生的虚无,

丰盈富饶,犹如那林间的黑莓

　　死亡主导喜悦生长。

　　也许他仅仅在漫游,

携着马蹄型海湾上空的幽灵

　　或海岸星星般的死者,

老鹰的骨髓,鲸鱼的根

　　和野鹅的叉骨[1],

福佑仍未出世的上帝和圣灵,

　　及每位神父的灵魂

成鸥,新天堂羊圈里的吟唱者

　　在云端抖动和平,

　　然而黑暗漫长。

他孤身一人,在夜晚的大地,

　　为所有的生灵祈祷,

他知道,火箭风会将他的身骨

---

[1] 原文"wishbone"(叉骨;如愿骨),吃火鸡等家禽时可将颈胸间的 V 形骨拉开,得大块骨者可许愿。

  刮出漫漫的山谷,
镰状的巨石渗血,最后
  狂怒消退的洪水
赶着桅杆和鱼儿至存活的星星,
  背信弃义于上帝

  主是气形天堂
古老的光,那野蛮生长的灵魂
  仿佛水沫间的马:
哦,让我中年哀悼圣殿旁
  德鲁伊特[1]白鹭的誓约,
我必须奔向驶往废墟的航程,
  即便黎明之船搁浅,
然而,我虽用坍塌的舌头哭喊,
  却要大声细数我的幸福:

  四种元素,五种
感官,灵与肉,相爱相依
  缠结着穿过这团泥
抵达神灵气爽、钟声缭绕之国,
  遗失的月光穹顶

---

[1] 原文"druid"(德鲁伊特),凯尔特文化信仰中的祭司。

和隐匿他自我秘密的大海

  深入黑色骨基下

海贝肉暴风雨前旋转的宁静

  这最后最大的幸福,

  我越靠近死亡,

一个人穿过他切开的残骸,

  太阳绽放得越响亮

长着獠牙摇摇欲坠的大海欢呼;

  行程上的每一波

我应对的狂风大浪,全球随之

  拥有的信仰比以往

更狂热,既然说这个世界围绕

  它赞美的清晨旋转,

  我听到跳跃的山岗

欣喜雀跃,浆果棕黄的秋天

  更葱郁,云雀在晨露下

唱得更欢,在这春雷轰鸣的季节,

  多想与天使跨越

人类灵魂暴躁如火的岛屿[1]!哦,

1　原文"mansouled fiery islands"(人类灵魂暴躁如火的岛屿),指太平洋上试验原子弹爆炸的岛屿。

他们的眼神多么圣洁，
我无比闪耀的人类不再孤独，
当我扬帆出航死去。

不要温顺地走进那个良宵[1]

不要温顺地走进那个良宵[2],

老年在日暮之时应当燃烧与咆哮;

怒斥,怒斥光明的消亡[3]。

虽然智者临终时悟得黑暗公道,

但因所立之言已迸不出丝毫电光[4],

不要温顺地走进那个良宵。

---

1 一首19行双韵双叠句韵体诗,即韵式严苛的维拉内拉体(Villanelle),译诗部分韵脚做了谐韵处理,详见笔者的著作《狄兰·托马斯诗歌批评本》。1951年11月发表于《博特奥斯克》。这首诗是诗人写给病重的父亲,旨在唤起父亲勇敢面对死亡、与命运抗争的力量。

2 原文"good night"是将"goodnight"(晚安,再见)拆开来用,兼具晚间或睡前道"晚安"与"良夜"的语义双关,也是基督教家庭值得铭记的"良宵",又可看作诗人对"死亡"的一种委婉语表达,借此减少失去父亲的心中之痛;更重要的是,"良宵"体现出诗人"进程诗学"的核心,即生死相融、生死转化的自然观。

3 此行译诗改自巫宁坤先生的佳译:"怒斥,怒斥光明的消逝。"

4 原文"words had forked no lightning"(所立之言已迸不出丝毫电光),出自习语"forked lightning"(叉状闪电)。

善良的人,翻腾最后一浪,高呼着辉煌,
他们脆弱的善行本该在绿色的港湾跳荡,
怒斥,怒斥光明的消亡。

狂野的人,抓住并诵唱飞翔的太阳,
尽管为时已晚,却明了途中的哀伤,
不要温顺地走进那个良宵。

肃穆的人[1],濒临死亡,透过刺目的视线,
失明的双眸可像流星一样欢欣闪耀,
怒斥,怒斥光明的消亡。

而您,我的父亲,在这悲恸之巅,
此刻我祈求您,用热泪诅咒我,祝福我[2]。
不要温顺地走进那个良宵。
怒斥,怒斥光明的消亡。

---

1 原文"grave"是"严肃的,肃穆的"与"坟墓,死亡"的双关语;"grave men"(肃穆的人)与"gravamen"(不平,冤情)构成双关语。
2 "诅咒我,祝福我"(curse, bless, me)为一种矛盾修辞法,典出英国诗人布莱克的《蒂丽儿》(*Tiriel*),"他的祝福是残忍的诅咒。他的诅咒也许是一种祝福"(His blessing was a cruel curse. His curse may be a blessing);也常见于《圣经》,既希望父亲坚持本色的性格,又祈望他接受死亡即将到来的现实。

哀 悼[1]

当我还是有点儿吹牛的大男孩，

教会一干信徒口中的黑唾沫[2]，

（老淫棍[3]叹息，死于女人之手），

我蹑手蹑脚地走进醋栗林，

粗野的枭像只泄密的山雀啼叫，

我羞涩地跳跃，当大姑娘们

在驴马领地一路玩起九杆游戏，

在这跷跷板的礼拜天夜晚，

我有双邪恶的眼，想追谁就追谁。

我爱一整夜的月光，也可让

所有绿叶般成婚的小媳妇

在漆黑的[4]灌木丛里伤悲。

---

1 写于1951年初，11月发表于《博特奥斯克》，次年收录于诗集《梦中的乡村》。一首以漫画手法写就的诗篇，颇有几分黑色幽默。
2 "黑唾沫"（black spit），矿工的唾沫因煤尘而发黑。
3 原文"ram rod"，指矿工用的夯实炸药的"捣棒"，诗中引申为"淫棍"的阴茎。
4 原文"coal-black"（漆黑；墨黑；乌黑），原意即"像煤一样黑"，在诗中出现四次。

当我还是一个半吊子狂野的男人，
教堂甲壳虫[1]长凳上的黑面兽，
（老淫棍叹息，死于淫妇之手），
我不是有点邪恶月光下的大男孩，
新生牛犊般烂醉，整夜地
在弯曲的暖气管里吹口哨，
接生婆在午夜的阴沟里成长，
小镇咝咝作响的床在呼喊，快！——
每当我一头扎进齐腰深的浅滩，
不管我在三叶草坡面往何处奔跑，
不管我在黑漆漆的夜晚干些啥，
我总留下令人颤抖的印迹。

当我还算是一位你称呼的男人，
神圣殿堂上的黑色十字架，
（老淫棍叹息，死于受欢迎），
白兰地，特级巴斯啤酒[2]，口味醇美，
绝非是红火小镇里一只翘尾的雄猫，
每个风骚的女子都成他的耗子，
却是炎热夏日里一头山间公牛
步入自己的大好年华，

---

1 "甲壳虫"（beetle）指代穿礼服上教堂参加礼拜的人。
2 原文"bass prime"，此处指"特级巴斯啤酒"。

走向撩人等待的牛群,我说,
哦,热血冷却前时间够了,
我躺下,只为就寝入眠,
为了我愠怒、隐匿、煤黑的灵魂!

当我快走完人生的半个旅程,
命该如此,正如牧师们警示,
(老淫棍叹息,死于衰败),
绝非是莽撞的牛犊或发情的猫,
也非牧草地里的胡桃公牛,
而是一只头角破裂的黑公羊,
最终,当时光一瘸一拐地来到,
灵魂噘着嘴从肮脏的鼠穴溜走,
而我痛恨、漠视我的灵魂,
软骨裹着硬皮,咆哮一生,
我将灵魂推入漆黑的天空,
寻找一个女人的灵魂来成婚。

此刻我已走完人生的旅程,
一次黑色酬谢,回报咆哮的人生,
(老淫棍叹息,死于陌生人之手),
躺在鸽声咕咕的房内,清瘦洁净,
遭人诅咒,听到安魂的钟声回荡——

哦，我的灵魂在漆黑的天空
找到一位周日太太生养天使！
我周遭的女妖都出自她的子宫！
贞洁替我祈祷，虔诚替我歌唱，
纯真抚慰我最后一口黑色的呼吸，
谦逊在她翅翼下掩藏我的双腿，
而所有致命的美德折磨我至死！

白色巨人的大腿[1]

越过众多江河交汇的咽喉,一群麻鹬鸣叫
在高高的白垩质山岗,在受孕的月亮下[2],
今夜,我走进白色巨人的大腿[3],
卵石般贫瘠的女人们依然静静地[4]躺下,

渴望生育渴望爱,尽管她们躺下已久远。

越过众多河流交汇的咽喉,女人们祈祷,

---

[1] 写于1949年夏与1951年5月间,1950年夏发表于《博特奥斯克》,收录于诗集《梦中的乡村》。一首貌似写给不育女子欢乐的挽歌,却依然扣紧生死繁衍的主题,原诗内嵌15节四行诗,交韵:abab;诗行间内嵌丰富的凯尔特-威尔士头韵与谐韵节律,汉译较难体现,只保留四行诗韵式的框架。
[2] "受孕的月亮"(the conceiving moon),典出罗马神话狄安娜(Diana)月亮女神。
[3] 原文"the white giant"(白色巨人),诗人选编《诗合集 1934—1952》(1952)时注为"瑟尼阿巴斯威猛的巨人"(might giant of Cerne Abbas)。这是英国著名的白垩质草皮石刻裸露巨人像,横躺在多赛特郡(Dorset)乡村的山丘,据称是罗马神话中的大力神,是生育能力的象征。
[4] 原文"still",为"静静地"与"依然"的双关语。

祈求种子漂进那条蹚过的河湾[1]，
尽管雨水洗去碑石上杂草丛生的名号，

孤独地躺在无尽的夜晚，成一条弧线，
她们操着麻鹬的舌头，渴望能怀上
远古时代靠棍棒砍伐山岗的儿子们。

她们在鸡皮疙瘩的冬天，在殷勤者小道上
恋上所有的冰叶，或在烤肉般的阳光下，
成对坐进高高的吨位马车，满载的干草
触及垂落的云彩，或与年轻人寻欢作乐，
顺从点亮的信仰，月光如乳汁流淌，

她们在月影下，衬裙被大风高高地吹起，
或因粗野的男孩骑手而羞红了脸，
此刻抱紧我，向着大片林间空地的谷粒[2]，

她们打小即是绿色原野上一堵篱笆墙的欢乐。

---

1 "蹚过的河湾"（the waded bay），指拉恩镇河谷入海处，退潮时可蹚到对岸，喻女人的子宫。
2 原文"grains"（谷粒），即种子、精子，与"groins"（腹股沟）构成谐音双关。

时光荏苒,她们的风尘是猪倌偷偷生根的血肉,
嫁进臭烘烘的猪圈,却因他双股冲刺的光芒
而闪耀,鹰一般张开四肢,面对污秽的天空,
或在太阳灌木丛中心,伴着果园里的男人,
狂野如母牛之舌,荆棘般扭动奶酪般的灵魂,
夏日里难以熄灭的激情,如金钩直达肉骨,

或在小树林的月光下,柔和如丝般起伏,
白色湖面因玩石子打水漂游戏[1]琴瑟和鸣。

她们曾是山楂暖房[2]如花盛开的路边新娘,
听到淫荡的求爱园,淹没即将到来的寒霜,
一身毛皮疾走的小修道士,在蓟丛过道上
尖叫,天色渐暗,直至白色的猫头鹰掠过

她们的胸乳,雌鹿寻欢跳跃,长角的雄鹿
窜入树林相爱,狐狸们的火把[3]吐着白沫,
所有飞禽走兽串起连环夜,喧闹又和睦,

---

1 原文"ducked and draked",一种"打水漂"游戏。
2 原文"the hawed house"(山楂暖房)与"whorehouse"(妓院)构成谐音双关。
3 "狐狸们的火把"(a torch of foxes),典出《圣经·旧约·士师记》15:4-5参孙点燃捆在狐狸尾巴上的火把,报复非利士人的故事。

而向着穹顶的朝圣之旅让鼹鼠的尖嘴变钝,

或是黄油肥肥的雌鹅,在蹦床蹦跳[1],
她们的胸乳溢蜜,在嘶嘶作响的牛棚里
遭鹅王拍打翅翼追击,那片黑麦地
早已消逝,她们的木屐舞动在春天里,
萤火虫发夹飞翔,干草堆在四周奔跑——

(但什么也没怀上,没有吸奶的婴儿抱紧
血脉的蜂巢[2],鹅妈妈[3]裸露的土地贫瘠,
她们带着质朴的杰克[4],都是卵石的妻子)——

此刻,麻鹬叫我俯身,亲吻她们尘土的嘴巴。

她们的水壶和时钟上的尘埃来回飘荡,

---

1 原文"gambo"源自威尔士语,意为"农场的推车",但与"gambol"(蹦跳)谐音双关。
2 "血脉的蜂巢"(the veined hives),指的是乳房。
3 "鹅妈妈"(Mother Goose),英美一本旨在培养儿童韵律节奏感的押韵童谣集之名,首版见于1760年。鹅妈妈也是该集子的虚构作者名。
4 原文"Jacks"(杰克),典出《鹅妈妈童谣集》(*Mother Goose's Melody*)中的一篇"杰克与吉儿"(Jack and Jill)。

此刻，干草漂浮，蕨菜厨房锈迹斑斑，

仿佛弧形的钩镰，一再削低篱笆，

修剪鸟儿的枝条，令游吟诗人汁液泛红。

她们在丰收跪拜的房室将我紧紧拥抱，

听到洪亮的钟声随死者的礼拜顺流而下，

雨水在颓败的院落，拧干自己的口舌，

教会我爱情常青，即便秋叶落满墓地，

阳光洗刷失陷于草丛十字架的基督，

女儿们不再留有一丝伤悲，除非

在狐狸大街生养的人不忘爱慕，

或在衰败的树林里持续地渴望：

山岗上的女人们穿过求欢者之林，

热恋健壮不灭的死者，直到永远

黑暗女儿[1]依然像福克斯[2]篝火静静地[3]燃烧。

---

1 "黑暗女儿"（daughters of darkness），指莎士比亚的《李尔王》中的不孝女儿瑞根和贡纳莉（Regan and Goneril）。
2 原文"Guy Fawkes"（福克斯），1605年曾策划并实施伦敦爆炸案，试图炸掉英国国会大厦并引发叛乱，事后每年11月5日，英国人都会举办"福克斯之夜"，即大篝火之夜，庆祝挫败其阴谋。
3 原文"still"，双关语，既指"依然"，又指"静静地"。

挽歌 [1]（未完成）

傲然不屑死去，他眼盲心碎地死去

以最黑暗的方式，不再转身，

一位极度孤傲的好人，勇敢而冷酷

---

[1] 1952年12月16日，狄兰·托马斯父亲去世。1953年9月15日，诗人写下这首《挽歌》初稿，同年11月9日，诗人的不幸去世使得这首维拉内拉体成了永久的残片，1956年2月发表于《邂逅》(Encounter)，诗句却有40行，前17行是作者原稿，后23行由编辑弗农·沃特金斯（Vernon Watkins）根据诗人生前的创作意图整理，收录于1956年后的《诗合集1934—1952》。

现保存于美国得克萨斯州奥斯汀市的手稿为17行，更接近19行维拉内拉体。威尔士诗学研究者古德拜教授采纳1988年版沃尔福德·戴维斯与拉尔夫·莫德（Walford Davies & Ralph Maud）编辑的《诗合集1934—1952》中的《挽歌》，收录于2014年英国韦-尼出版社版《狄兰·托马斯诗集》和2017年美国新方向出版社版《狄兰·托马斯诗歌》。此版维拉内拉体译稿韵式更接近原韵。

现保存于美国奥斯汀得克萨斯大学哈利·兰塞姆（Harry Ransom）人文研究中心的这篇手稿还留有诗人的创作意图：（1）虽然他傲然不屑死去，却还是走了，以最痛苦的方式失明死去，但他并不畏惧死亡，而是勇敢地以死亡为傲。（2）他在天真无邪的时期，自认为憎恨上帝，弄不清楚自己是怎样一个人：一个善良的老人，极其地自傲。（3）此刻他不会离我而去，尽管他已去世。（4）他母亲说，他打小就不爱哭，老了更不爱哭；他哭，也只因其自身的隐痛——失明，但也从不大声地哭。

那一天最黑暗。哦，愿他就此长存
终于轻松地躺下，穿越了山岗
在青草之下永沐爱意，在那一群

长长的队伍中勃发青春，永不迷失
或在死亡无尽的岁月里沉寂，
尽管在黑暗中尤为渴望母亲的乳汁

安息并归入尘土，在仁慈的大地
死亡是最黑暗的公义，失明而不幸。
任其无法安息，只求重生，重返人世，

屋内悄无声息，在蜷缩的内室，
在他失明的病榻旁，我祈祷
从正午、夜晚和拂晓前那一刻起。

死亡之河流入我握住的可怜之手
我透过他渐弱的眼神，看到大海之根。
镇定地奔赴你受难的山岗，我说

空气离他远去。

图书在版编目（CIP）数据

不要温顺地走进那个良宵：狄兰·托马斯诗合集：1934—1952 /（英）狄兰·托马斯著；海岸译. — 北京：北京联合出版公司，2021.11（2025.1 重印）
ISBN 978-7-5596-5459-5

Ⅰ.①不… Ⅱ.①狄… ②海… Ⅲ.①诗集—英国—现代 Ⅳ.① I561.25

中国版本图书馆 CIP 数据核字（2021）第 150085 号

不要温顺地走进那个良宵：
狄兰·托马斯诗合集1934—1952

作　者：［英］狄兰·托马斯
译　者：海　岸
策划人：方雨辰
出品人：赵红仕
责任编辑：李　伟
特约编辑：王文洁
装帧设计：孙晓曦　pay2play.design

北京联合出版公司出版
（北京市西城区德外大街 83 号楼 9 层　100088）
北京联合天畅文化传播公司发行
山东临沂新华印刷物流集团有限责任公司印刷　新华书店经销
字数 160 千字　860 毫米 × 1092 毫米　1/32　11 印张
2021 年 11 月第 1 版　2025 年 1 月第 5 次印刷
ISBN 978-7-5596-5459-5
定价：68.00 元

版权所有，侵权必究
未经书面许可，不得以任何方式转载、复制、翻印本书部分或全部内容。
本书若有质量问题，请与本公司图书销售中心联系调换。电话：（010）64258472-800